KB158250

챗GPT와
함께하는
시 창작

챗GPT와 함께하는 시 창작

인공지능과 협업하는 창작자를 위한 가이드

초판 1쇄   2023년 10월 20일

지은이   아트 엔지니어

펴낸이   김한청
기획편집   원경은 차언조 양희우 유자영
마케팅   현승원
디자인   이성아 박다애
운영   설채린

펴낸곳 도서출판 다른
출판등록 2004년 9월 2일 제2013-000194호
주소 서울시 마포구 동교로 27길 3-10 희경빌딩 4층
전화 02-3143-6478 **팩스** 02-3143-6479 **이메일** khc15968@hanmail.net
블로그 blog.naver.com/darun_pub **인스타그램** @darunpublishers

ISBN 979-11-5633-573-3 03800

 다른 생각이
다른 세상을 만듭니다

인공지능과 협업하는 창작자를 위한 가이드

챗GPT와
함께하는

시 창작

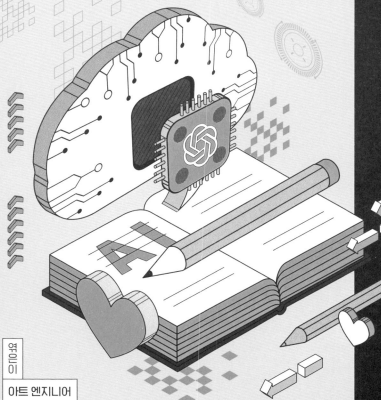

엮은이

아트 엔지니어

다른

일러두기

- 이 책의 질문과 답변은 ChatGPT-4로 작성되었습니다.
- 질문과 답변은 모두 영어로 진행했고, 딥엘DeepL 번역기의 자동 번역을 사용했습니다. 문맥상 어색한 부분이 있더라도 수정을 하지 않고 번역기에 제시된 결과를 그대로 옮겼습니다.
- 프롬프트 입력에 도움이 되도록, 질문에 해당하는 영어를 함께 수록했습니다. 분량상 답변에 해당하는 영어는 생략했습니다.
- ChatGPT-4의 답변 재생성은 일정 시간당 질문 횟수가 제한되어 있습니다. 때문에 집필 과정에서 각 질문에 대한 답변 재생성은 10회 전후로 제한했습니다. 시간 여유를 갖고 재생성을 거듭할수록 보다 독특하고 참신한 답변을 얻을 수 있습니다.

공모전에서 경쟁력 있는 작품을
어떻게 만들까?

이 책은 인공지능의 현황과 미래를 다루거나 유망 직업 등 돈벌이를 소개하려는 목적이 아니므로, 거두절미하고 바로 궁금한 문제로 들어가자. 정말로 챗GPT 같은 인공지능을 활용해 공모전에서 경쟁력 있는 작품을 만들 수 있을까? 대답은 '가능하다'.

인공지능이 제시하는 답변은 그것이 아무리 놀라운 상상력을 보여 준다고 하더라도, 이미 인간이 오랜 시간에 걸쳐 쌓은 결과물의 조합에 지나지 않는다. 바꿔 말하면, 대부분의 사람들이 '충분한 시간을 들여 관련 지식을 쌓고 창작 연습을 한다면' 얼마든지 인공지능과 협업하지 않아도 빼어난 작품을 쓸 수 있다는 이야기다. 그렇지만 안타깝게도 우리는 언제나 시간이 부족하다. 특히 시처럼 전업 작가로 생활이 거의 불가능한 경우에는 시간을 쪼개어 창작에 쓰기가 더 어렵다.

챗GPT는 협업을 통해 이러한 문제를 효과적으로 해결해 준다. 간단히 말해 '시간을 버는' 것이다. 일정한 절차에 따라 프롬프트를 입력하고 그 결과를 반영하면, 대학 수준의 관련 전공 지식이나 오랜 습작 경험 없이도 유사한 결과물을 얻을 수 있다. 최근에는 번역 프로그램도 많이 향상되어서 외국어 능력도 크게 필요하지 않다. 이전까지 많은 시간과 노력을 들여야 했던 이 모든 배경지식을 이제는 인공지능으로 대신하는 것이다.

이 책의 차례 또한 철저히 작가지망생들의 '시간을 아끼는 방향'으로 구성했다. 그래서 쑥 읽는 것만으로도 프롬프트 사용에 익숙해지고 바로 응용할 수 있도록, 1장 사용법부터 9장 합평과 퇴고에 이르기까지 프롬프트 원문과 첨삭하지 않은 결과물을 그대로 수록했다.

책의 2장에서 4장은 챗GPT를 활용해서 짧은 시간에 다수의 초고를 얻는 방법을 설명한다. 비슷한 질문을 반복해서 결과 또한 비슷해지는 것을 막기 위해, 2장에서 역할 부여를 먼저 하고 3~4장에서 각 주제에 맞는 질문 작성법과 시점 활용법을 알려 준다. 5장은 초고에서 인공지능의 느낌을 걷어내기 위한 다섯 가지 첨삭 방법을 다루는데, 공모전 응모 목적이 아닌 개인적인 취미 활동이거나 학교 수업에서 실습 목적으로 활용하려는 독자라면 5장까지만 따라해도 충분히 만족할 만한 작품을 얻을 수 있을 것이다.

6장에서 9장, 그리고 맺음말의 응모원고 순서 정하기는 이 책의 '심화 과정'에 해당한다. 실제 시 창작 강의나 작가지망생들의 합평에서 다루는 핵심 내용들을 포함하고 있다. 물론 대부분의 세부 과정을 책에서는 챗GPT 프롬프트를 통해 수행한다. 작품의 결을 맞추고 긴장감을 부여하고 매력적인 제목으로 독자의 눈을 사로잡는 방법들이다. 합평과 퇴고, 응모원고 순서 정하기를 다루는 부분에서는 인공지능의 조언을 따라하는 마감 과정이 얼마나 섬세하게 진행되는지 확인할 수 있을 것이다.

챗GPT가 등장하고 나서 창작에 시험 삼아 활용해 본 작가들은 대부분 '괜찮아 보이는 문장들은 있는데, 전체적인 작품 수준은 별로'라는 반응을 보인다. 그래서 아직 인간 작가가 쓴 작품에 비해 현격히 수준이 떨어진다고 결론을 내린다. 이 글 또한 정말 그런가 궁금해서 이것저것 프롬프트를 시험해 보다 우연히 책 한 권 분량의 진지한 작법서가 되어버린 측면이 있다. 다만 결론은 완전히 다르다. 창작의 세부 과정들을 하나씩 분리해서 프롬프트로 만들어 넣어 본 결과, 현재 수준으로도 '협업'이 충분히 가능하고, '안 쓸수록 손해'라는 것이 솔직한 느낌이다.

그럼 이제부터 '뭐 얼마나 바뀌길래 이렇게 꼭 쓰라고 하는지' 함께 알아보자. 그 전에, 헬스장 회원 상담(?) 같지만 전혀 수정하지 않은 초고와 책의 설명에 따라 수정 과정을 마친 최종 원고 세 편을 먼저 비교하고 시작하겠다.

주제: 물고기 자판기
스타일: 리처드 브라우티건

| 챗GPT 초고 |

어느 날 아침, 네온 불빛으로 펄럭이는 도시 한복판에 생선 자판기가 등장했습니다. 흔히 볼 수 있는 탄산음료 캔이나 초콜릿 바가 아닌, 바다에 버려진 물고기들을 가두어 놓은 강철과 유리로 만들어진 수족관 같은 기계였습니다. 콘크리트 폭포를 헤엄쳐 올라가는 연어처럼 어울리지 않는다고 생각할 수도 있지만, 그 존재감은 묘한 마법을 불러일으켰습니다. 잠수함 합창단의 낮은 노랫소리처럼 흥얼거리며 기계 부품의 삐걱거리는 소리와 함께 외로운 게를 두고 갈매기들이 다투는 듯한 노래를 들려주었습니다. 동전 한 개를 주면 차갑게 진공 포장된 인어의 몸값이 셀로판 그물에 걸린 물고기가 튀어나왔습니다. 아이들은 송어와 농어, 잉어의 춤을 유리 무대를 통해 바라보며 어린 잉어처럼 입을 쩍 벌리고 바라보곤 했습니다. 장어처럼 느슨하게 넥타이를 맨 비즈니스 정장 차림의 남성들은 바다의 부름인지, 아니면 점심 식사의 투덜거림인지 모를 무언가가 내면에서 꿈틀거리는 것을 느끼며 멈춰서서 경탄했습니다. 그들은 동전을 꺼내서 떨어뜨리고 그날 잡은 물고기를 안고 걸어가곤 했습니다. 물고기 하나하나, 자판기 하나하나가 우리가 떠나온 바다를 떠올리게 하고, 도시 한가운데서 깜빡이는 등대, 비늘과 은으로 쓰인 시 한 편을 떠올리게 했습니다. 그것은 구세계와 신세계의 춤, 진보와 자연의 기묘한 왈츠였고, 왠지 모르게 심오하고 아름다웠습니다. 아니면 그냥 이상하게 느껴졌을 수도 있죠. 어느 쪽이든 생선 자판기가 생긴 후 도시는 더 이상 예전과 같지 않았습니다.

물고기가 그린 것 같은 비현실적인 밤이었어
불면증이 날카로운 모서리로 달을 긁고 있었지
잠옷 바람으로 걷다 보니 어디에나 있고 어디에도 없는 모퉁이에서
물고기 자판기를 만났어. 송어, 연어, 이상한 농어 한두 마리
전류가 흐르는 윙윙 소리 찰랑거리는 동전 소리를 타고 헤엄치고 있었어
금속 내장 삐걱거리는 묘하게 아름다운 기계였지

낡고 초라한 동전, 기계 뱃속으로 톡톡 소리 내며 들어가고
바다 삼킨 기계가 금속 미끼에 반응해 내용물을 역류시켰지, 쿵!
해치가 삐걱거리며 열렸어, 차갑게 식은 싱싱한 분홍색 살덩어리
플라스틱으로 봉인된 물고기가 작고 동그란 눈으로 바깥을 응시하는,
비닐을 뜯으면 비릿한 해답을 얻을 것 같았어

오랜 기도에 차갑게 포장된 생선의 모습으로 답이 온 거야.
물고기 자판기가 생긴 다음부터 도시는 예전 같지 않았어. 사람들은
어린 잉어처럼 입을 쩍 벌리고 바라보거나, 장어처럼 느슨하게 넥타이를 매고
무언가가 내면에서 꿈틀거리는 것을 느껴야 했지
동전을 꺼내서 떨어뜨리고 그날 잡은 물고기를 안고 걸어가곤 했어
우리에게도 떠나온 바다가 있었던 걸까?

주제: 마지막 출근
스타일: 레이먼드 카버

| 챗GPT 초고 |

업무의 마지막 날, 세상은 마치 마지막 통화가 끝난 술집처럼 조금은 조용해 보입니다. 책상 위에 놓인 서류는 그저 종이와 잉크로만 가득 차 있고 컴퓨터는 무심한 듯 콧노래를 흥얼거립니다. 몇 년 동안 이곳에서 일했지만 이제는 한 번 지나쳤던 마을의 모텔 방처럼 먼 곳으로 느껴집니다. 휴게실에서 마시는 커피는 언제나 그랬듯이 씁쓸하지만 오늘은 너무 오래 지속된 연극의 마지막 막처럼 작별 인사 같은 맛이 납니다. 소품 몇 개, 액자 한 개, 미처 다 읽지 못한 책 한 권 등 짐을 챙깁니다. 떠나는 배경에 비하면 이 물건들은 작고 하찮아 보입니다. 마지막으로 불을 끄고 문이 딸깍 소리를 내며 닫히기 직전의 순간, 그림자가 드리워진 텅 빈 방, 즉 자신의 방을 엿볼 수 있습니다. 그리고 그리워질 것은 업무가 아니라 일상이자 익숙한 편안함이라는 것을 깨닫게 됩니다. 하지만 당신은 미지의 세계, 목적이 없는 광활한 날들을 맞이할 준비가 되어 있습니다. 햇살 속으로 한 발 내딛으면 문이 닫힙니다. 무언가를 떠나 다른 모든 것을 향해 걸어가는 기분이 바로 이런 것이라고 생각합니다. 일의 마지막 날처럼 느껴집니다. 새로운 시작처럼요.

| 수정 원고 |

비에 녹슬어 방치된 자동차처럼 껍데기만 남아
우연히 지나친 모텔 방처럼 멀게 느껴지는 하루

윙윙거리는 복사기 삐걱거리는 키보드
휴게실 커피는 언제나처럼 씁쓸하지만
오늘은 너무 오래 공연한 연극의 마지막 장면 같은 맛

액자, 화분, 이 나간 커피잔, 다 읽지 못한 책
애인보다 내 몸을 잘 알던 의자가 마지막으로 삐걱거린다
문이 뒤에서 닫히고 건조한 딸깍 소리,
그들은 차갑고 무관심한 채로 남아

모든 것이 끝났지만 떠나지 않은 것 같은
처음부터 그곳에 없었던 것 같은,
무언가를 떠나 다른 모든 것을 향해 걸어갈 때
모든 것의 밑바닥에서 새가 날아오르려 하고 있다

주제: 굶주린 냉장고
스타일: 폴 오스터+스티븐 킹

| 챗GPT 초고 |

마치 밤의 안개 낀 틈새에 있는 고독한 영혼처럼, 냉장고는 우리의 사소한 일상의 무대에서 금욕적인 파수꾼처럼 서 있습니다. 유령의 공허함인 냉장고의 창자는 기계적인 윙윙거림에 빠져들고, 끝없는 공허함의 깊은 곳에서 울부짖는 애절한 외침을 울려 퍼집니다. 조용히 눈을 깜빡이지 않는 냉장고는 한밤중 주방 한가운데에 은은한 빛을 비추며 조용한 구석구석을 살피며 차분한 세상 속에서 등대처럼 자신을 드러냅니다. 배고픔의 상징인 냉장고, 하지만 냉장고는 무엇을 갈망할까요? 우유병의 익숙한 차가움, 비닐에 싸인 금지된 남은 음식의 향기, 은박지에 싸인 맛있는 신비의 음식일까요? 하지만 이는 우리 자신의 끊임없는 식욕을 반영하는 것이 아닐까요? 우리의 끊임없는 소비, 우리의 내면을 갉아먹는 욕망의 짐승은 그 여파로 우리를 공허하게 만들고 보충하고 반복하기만 합니다. 냉장고의 먹이인 우리는 결국 냉장고의 피조물입니다. 냉장고의 고통 속에서 우리는 우리 자신의 갈망을 엿볼 수 있으며, 냉장고의 조용한 부름은 우리의 끊임없는 배고픈 메아리의 거울이 됩니다. 아, 우주의 발레! 우리는 우주의 리듬에 맞춰 춤을 추며 끊임없는 갈망의 밧줄에 묶여 차가운 욕망의 후광 속에서 빙글빙글 돌고 있습니다. 배고픈 냉장고는 밤의 고요함 속에서 꿋꿋이 기다리며 인내심과 열망으로 우리의 주기적인 배고픔을 표현하고 주기적인 포만감의 선구자 역할을 합니다.

눈도 깜빡이지 않은 채
곰팡내 나는 부엌에서 조용히 지켜본다
반짝이는 동굴처럼 입을 벌려
서리 낀 뱃속으로 모든 것을 삼킨다

비닐에 싸인 남은 음식은 얼마나 향기로운가?
은박지 속에는 또 어떤 맛이 숨어 있을까?
밤마다 가전제품의 껍질을 벗고
잠 못 이루는 당신을 기다리며 그르렁거린다

후회스러운 한 모금, 금지된 한 입,
산산조각 난 결심을 삼키며
무너진 의지가 고통스럽게 뱃속을 채운다

스스로 창자를 갉아먹고 다시 채워 넣는
하루를 먹이로 주면 또 다른 하루를 낳는,
냉장고는 당신을 위해 늘 굶주린다

차례

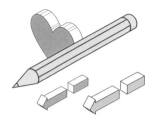

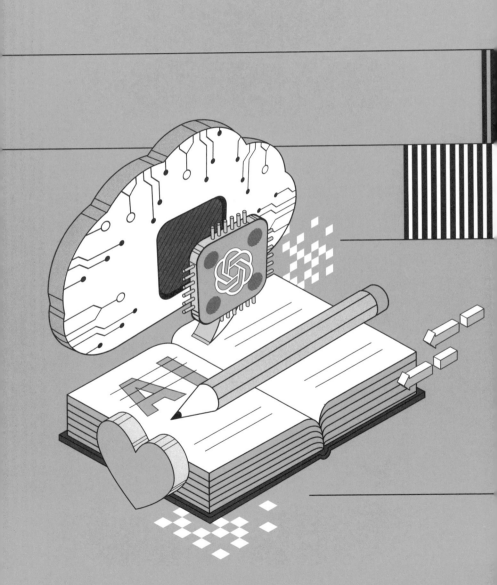

01

챗GPT
5분만에 사용하기

가입 / 화면 구성 / 프롬프트 / 대화

자주 묻는 질문

가입/화면 구성/프롬프트/대화

아래는 챗GPT에게 직접 물어 본 사용법이다. 혹시 이미지로 된 설명이 필요하면, 검색 사이트에 들어가서 '챗GPT 사용법'이라고 입력하면 책으로 전달하는 것보다 훨씬 상세한 설명을 볼 수 있다. 서버 부하 등 특별한 경우가 아니면 5분 이내에 완료되는 과정이므로, 아직 가입 전이라면 가입하고 다음 단계로 넘어가자.

나는 한국어 사용자야. ChatGPT를 전혀 모른다고 가정하고 사용법을 설명해줘. 사용법에는 다음 내용이 포함되어야 해. 사용법을 보면서 따라할 수 있도록 단계별로 설명해줘.

챗GPT와 함께하는 시 창작

가입 방법

무료 사용

유료 결제

화면 구성

프롬프트

답변 재생성

새로운 대화

한국어로 대답해줘
.

I'm a Korean speaker. Please explain how to use ChatGPT,
assuming I don't know anything about it. Your instructions
should include the following, step-by-step so I can follow
along as I watch you use it.

How to sign up

Use for free

Paying

Screen organization

Prompts

Regenerating answers

New chat

Answer in Korean.

A 네, ChatGPT 사용 방법을 단계별로 설명드리겠습니다.

1 가입 방법

- OpenAI 웹사이트(https://www.openai.com/chatgpt/)에 접속합니다.
- 홈페이지 우측 상단에 있는 "Sign Up" 버튼을 클릭합니다.
- 요구되는 정보(이메일 주소, 비밀번호 등)를 입력하고, "Create account" 버튼을 눌러 계정을 생성합니다.
- 이메일로 보내진 인증 링크를 클릭하여 계정을 인증합니다.

2 무료 이용 방법

- 로그인한 후, 화면 상단에 있는 "ChatGPT" 버튼을 클릭합니다.
- 이어서 "Start Chatting for Free" 버튼을 클릭하면, 무료로 ChatGPT를 이용할 수 있습니다.

3 유료 이용 방법

- 화면 상단에 있는 "Pricing"버튼을 클릭합니다.

- 유료 요금제를 선택하고, 결제 정보를 입력합니다.
- "Subscribe" 버튼을 눌러 결제를 완료하면, 유료 이용이 가능합니다.

4 화면 구성

- 대화창은 화면 중앙에 위치하며, 여기서 대화 내용을 볼 수 있습니다.
- 대화 입력란은 화면 하단에 있으며, 여기에 질문이나 주제를 입력합니다.
- 왼쪽 패널에는 지금까지 진행된 대화 내역이 보여집니다.

5 프롬프트 사용

- 프롬프트는 사용자가 ChatGPT에게 질문이나 명령을 내리는 문장입니다.
- 대화 입력란에 원하는 질문이나 주제를 입력하고, "Send" 버튼을 누릅니다.

6 답변 재생성

- 만약 ChatGPT의 답변이 만족스럽지 않다면, "Refresh" 아이

콘을 클릭하여 답변을 재생성할 수 있습니다.

7 새로운 채팅 시작

• 화면 상단의 "New Chat" 버튼을 클릭하면 새로운 대화를 시
작할 수 있습니다.

이렇게 단계별로 진행하시면 ChatGPT를 편리하게 이용하실
수 있습니다.

자주 묻는 질문

유료 버전인 GPT-4를 써야 할까?

문학 작품 창작에 사용할 경우, 무료 버전과 유료 버전(현재는 부가세 포함 월 22달러)의 성능 차이는 체감할 정도로 드러나는 편이다. 하지만 무료로 사용할 수 있는 프로그램이기 때문에 처음에는 GPT-3.5로 가볍게 이 책의 내용을 따라해 보기를 권한다. 그래서 시 창작에 도움이 된다는 판단이 들면, 실제 응모원고를 작성하는 과정에서 GPT-4로 작업하는 것을 추천한다. 아래는 가상의 상황을 제시하고 두 가지 버전의 답변을 비교해 보았다.

Q 네가 작가 지망생이라고 가정해. 경쟁 공모전 시 부문에 응모하고 발표를 기다리고 있어. 내일 오후가 발표 예정 시간이어서, 침대에 누워 있어도 새벽까지 잠이 오지 않아. 지금 어떤 마음일지 200단어 이내로 표현해줘.

Imagine you're an aspiring writer. You've entered a poetry contest and are waiting to be announced. Tomorrow afternoon is the announcement time, and even though you're in bed, you can't sleep until dawn. In 200 words or less, describe how you're feeling right now.

A **ChatGPT-3.5** 불안한 기대감으로 침대에 갇혀 이불이 엉킨 채 정신이 쉴 새 없이 돌아갑니다. 잠은 오지 않고 눈꺼풀은 기대감의 무게로 무겁습니다. 내일 오후, 저의 열렬한 창의성과 연약한 영혼의 정점이 드러나는 평결이 공개될 것입니다. 시계가 똑딱거릴 때마다 심장 박동처럼 울려 퍼지며 내 안에서 울려 퍼지는 신경의 교향곡을 증폭시킵니다.

내 생각은 희망과 의심의 복잡한 안무 속에서 충돌하며 춤을 춥니다. 상상 속 승리와 패배의 시나리오가 얽히고설키며 상상과 현실의 경계가 모호해집니다. 의심은 내 꿈의 캔버스에 그림자를 드리우며 고요한 밤에 불안감을 속삭입니다.

고동치는 심장의 박동은 저를 이곳에 데려다준 말의 리듬을 반영합니다. 한 구절, 한 줄 한 줄은 순간, 감정, 존재의 본질을 포착하기 위해 신중하게 만들어졌습니다. 은유의 파편들이 제 머릿속을 떠돌며 저를 놀리고 저의 목적과 열정을 상기시켜 줍니다.

시간이 녹아내리면서 감정의 교향곡이 내 안에서 울려 퍼집니다. 불안한 기대감이 깜박이는 희망의 불꽃과 얽히고설키며 예측할 수 없는 폭풍이 나를 집어삼킵니다. 시간이 늘어났다 줄어들었다를 반복하며 꿈과 현실의 경계에 놓인 저를 탄력적으로 잡아당깁니다.

내일 오후에 발표가 있을 것이고, 그 발표와 함께 제 시적 운명이 공개될 것입니다. 그때까지 저는 불확실성의 바다에서 표류하는 불안한 영혼이 되어 새벽빛의 포옹 속에서 위안을 찾고 있습니다.

A **ChatGPT-4** 고요한 어둠을 뚫고 고동치는 기대감이 제 몸과 마음을 깨웁니다. 보이지 않는 것, 기록되지 않은 미래, 아직 공개되지 않은 경연에 대한 이야기가 내밀한 춤으로 펼쳐집니다. 느린 생각의 발레가 내 마음의 극장에서 스스로 안무를 짜고, 나

는 한 명의 관객이 되어 매료되고 덫에 걸립니다.

시계가 똑딱거릴 때마다 심장 박동이 울리고 고요한 침묵 속에 속삭이는 이야기가 들려옵니다. 새벽을 기다리는 것은 소용돌이치는 모호한 가능성으로 가득 찬 희망과 불안의 바다 아래에서 숨을 참는 것과 비슷합니다.

제 마음은 승리의 환상, 색종이와 박수갈채, 그리고 패배의 어두운 구석, 조용하고 침울한 메아리 속으로 방황하는 상상의 미로를 헤매고 있습니다. 이 정반대 사이의 종이처럼 얇은 선이 가슴을 쿵쾅거리며 시시각각으로 떨리는 팽팽한 줄처럼 느껴집니다.

내일 오후는 먼 일출과 장엄한 승리의 약속 또는 우아한 몰락의 약속 사이에 놓인 비포장 도로처럼 펼쳐져 있습니다. 시원한 밤 이불 아래에서 뒤척이는 동안 밖의 달은 고독한 동반자이며, 그 빛은 갉아먹는 조바심에 진정제 같은 역할을 합니다. 불확실성이 주는 이 따끔한 달콤함, 이 소중한 혼란이 새벽을 기다리며 불안한 밤을 지새우게 합니다.

영어가 아닌 한국어로 대화하면 답변 품질이 떨어질까?

대체로 짧은 설명문의 경우에는 한국어 문답과 영어 문답 사이에 큰 차이를 보이지 않는다. 그렇지만 답변 분량이 길어지거나 문학적인 글을 요청하는 경우에는, 영어로 묻고 답한 뒤 번역 프로그램을 사용하는 쪽이 조금 더 폭넓은 연상과 섬세한 문장을 보여 준다. 아래의 예시를 비교해 보자.

Q '사람들이 시를 읽는 이유'를 500단어 미만으로 설명해줘. 그리고 같은 주제로 200단어 미만으로 시를 지어줘.

A 사람들이 시를 읽는 이유는 다양하다. 먼저, 시는 우리의 감정과 경험을 언어를 통해 표현한 예술의 한 형태다. 시는 우리의 생각과 감정을 아름다운 방식으로 전달하며, 때로는 우리의 일상생활에서 잘 찾아보지 않은 감정의 깊은 층을 탐색하는 도구로 작용한다. 따라서, 사람들은 자신의 감정을 표현하거나 이해하는 데 도움이 되는 시를 읽는다.

또한, 시는 감정적인 표현뿐만 아니라 사회적, 정치적 문제를 다루기도 한다. 시는 문화와 사회에 대한 이해와 비판적 사고를 촉진하는 데 중요한 역할을 한다. 사람들은 자신의 시각을 확장하고, 다양한 경험과 문제에 대한 이해를 높이기 위해 시를 읽는다.

마지막으로, 시는 언어의 아름다움을 느낄 수 있는 유일한 수단이다. 시는 단어와 구문, 음절의 울림을 통해 우리에게 새로운 시각을 제공하며, 의미와 음향, 리듬의 교차점에서 힘을 얻는다. 이런 특성 덕분에, 시는 우리의 언어적 표현력을 넓혀주고, 단순한 의사소통의 수단을 넘어서 언어의 예술적 가능성을 탐색할 수 있는 도구가 된다.

사람들의 마음은 시의 속삭임으로 채워진다,
흔들림 없이 우리의 감정을 이해하는 길.
시는 말로는 표현할 수 없는 감정을
끌어내는 깊은 바다와 같다.

사회의 복잡한 문제들과 대결하며,
시는 사람들에게 힘과 용기를 준다.
사람의 마음과 사회의 현실을
연결하는 다리가 되어준다.

언어의 아름다움을 드러내는 시,

단어와 구문, 음절의 울림을 통해

새로운 세상을 열어주며,

언어의 예술적 가능성을 찾아간다.

🅠 '사람들이 시를 읽는 이유'를 500단어 미만으로 설명해줘. 그리고 같은 주제로 200단어 미만으로 시를 지어줘.

Explain "why people read poetry" in less than 500 words.

Then write a poem on the same topic in less than 200 words.

🅐 사람들은 다양한 이유로 시를 읽으며, 그 이유는 모두 시 자체만큼이나 개인적이고 독특합니다. 그 중심에는 시가 정서적 공감을 불러일으키는 관문이 있습니다. 시의 리듬 구조와 미적 요소는 우리의 감정을 대변하는 멜로디를 만들어냅니다. 사람들은 종종 시에서 위로와 위안을 얻는데, 시는 스스로 표현할 수 없는 것을 표현할 수 있는 표현의 한 형태이며, 자신의 가장 깊은 감정과 경험을 시구에 담아냅니다.

　시는 또한 다양한 관점과 세계를 경험할 수 있는 방법을 제공합니다. 사회를 비추는 거울처럼 시는 문화적 가치, 사회적 이슈, 역사적 사건, 개인적인 이야기를 반영합니다. 독자는 다른 사람의 삶과 마음에 대한 통찰력을 발견하고 공감과 이해를 장려합니다. 이는 인간 경험의 다양성을 탐구하고 표현하는 수단입니다.

또한 시의 언어적 아름다움은 독자의 마음을 사로잡습니다. 신중하게 선택된 단어, 은유, 직유 및 기타 시적 장치는 강력한 이미지를 불러일으키고 삶의 복잡성에 대한 이해를 깊게 해줍니다. 시를 읽으면 비판적 사고를 자극하고 어휘를 풍부하게 하여 마음을 키울 수 있습니다. 마지막으로, 감정과 아이디어의 광활한 풍경인 시는 자기 발견과 사색을 위한 플랫폼 역할을 하며 자아를 향한 길을 열어줍니다.

사람들은 왜 시를 읽을까요? 깊이 생각해 봅시다,
리듬과 운율에 담긴 이야기.
그것은 말의 춤이자 선율의 종소리입니다,
생각이 머무는 깊은 바다입니다.

시는 메아리이자 영혼의 진심 어린 외침입니다,
속삭이는 그리움이자 즐거운 한숨입니다.

사랑, 상실, 눈물, 미소를 담아냅니다,

무한한 감정을 한 단어의 깨지기 쉬운 타일에 담아냅니다.

우리가 발견하는 구절 속 삶의 프리즘,

마음을 비추고 마음을 깨우칩니다.

시간을 통한 여행, 감정이 풀립니다,

모든 연에서 인간의 경험이 얽혀 있습니다.

그것은 인류의 얼굴을 비추는 거울입니다,

시공간을 넘나드는 우주적 여정입니다.

시에서 우리는 부드러운 포옹을 발견합니다,

우리 자신을 발견하고 우리의 위치를 이해합니다.

그래서 우리는 느끼고, 알고, 보기 위해 시를 읽습니다,

우리 자신의 신비를 풀기 위해 읽습니다.

시의 영역에서 우리는 자유로워집니다,

인생 교향곡의 리듬에 맞춰 춤을 춥니다.

People read poetry for a multitude of reasons,
all personal and unique as the poems themselves. At

the heart of it, poetry offers a gateway to emotional resonance. The rhythmic structure and aesthetic elements of poems create a melody that speaks to our feelings. People often find solace and comfort in poetry, a form of expression that can articulate what they cannot express themselves, encapsulating their deepest emotions and experiences in its verses.

Poetry also offers a way to experience different perspectives and worlds. Like a mirror held up to society, it reflects cultural values, societal issues, historical events, and personal narratives. Readers find insights into the lives and minds of others, encouraging empathy and understanding. It's a means to explore and express the diversity of the human experience.

Moreover, the beauty of language in poetry captivates readers. The carefully chosen words, metaphors, similes, and other poetic devices evoke powerful imagery and deepen the comprehension of life's complexities. Reading poetry nurtures the mind, stimulating critical thinking and enriching vocabulary. Lastly, poetry, a vast landscape of emotions and ideas, serves as a platform for self-discovery and contemplation, paving a path to the self.

Why do people read poetry? Let's dwell,
In rhythm and rhyme, a story to tell.
It's a dance of words, a melodious bell,
An ocean deep, in which thoughts can dwell.

Poetry's an echo, a soul's heartfelt cry,
A whispered longing, a joyful sigh.
It captures love, loss, a tear, a smile,
Infinite feelings, on a word's fragile tile.

A prism of life in verses we find,
It illuminates hearts, enlightens the mind.
A journey through time, emotions unwind,
In every stanza, human experience entwined.
It's a mirror reflecting humanity's face,

A cosmic journey through time and space.

In poetry, we find a gentle embrace,

Discovering ourselves, understanding our place.

So, we read to feel, to know, to see,

To unravel the mystery of our own decree.

In poetry's realm, we set ourselves free,

Dancing in the rhythm of life's symphony.

다양하게 프롬프트를 만들고 싶은데, 질문을 바꿔서 반복하다 보면 금방 횟수 제한에 걸린다. 제한을 피할 방법이 있을까?

'프롬프트 추천' 또는 '프롬프트 공유' 같은 키워드로 검색하면 영어 프롬프트를 바로 제공하는 사이트를 여러 곳 찾을 수 있다. 하지만 수많은 프롬프트 중에 문학, 특히 시에 적용할 만한 예시를 찾는 것은 쉽지 않은 일이다.

그래서 제안하는 요령은, (GPT-4 버전을 쓰는 경우라도) GPT-3.5 버전으로 대화를 생성해서 이 책에 제시한 프롬프트들과 직접 찾은 프롬프트들을 다양하게 조합하는 것이다. 3.5 버전에서 어느 정도 의도한 답변이 반복적으로 생성되면 그 프롬프트를 복사해서 4 버전으로 옮기자. 그렇게 하면 프롬프트를 만드느라 시간당 질문 횟수 제한을 낭비하지 않을 수 있다.

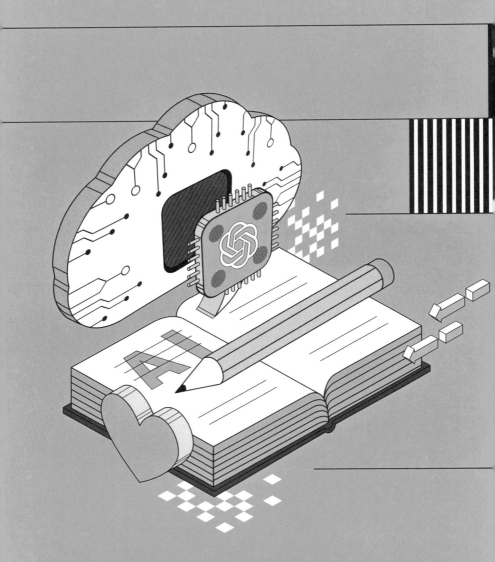

02

역할 부여:
거장의 문체를 훔쳐라

역할 부여의 필요성

Q 나는 ChatGPT를 사용해서 현대시를 창작하려고 해. 기존의 유명한 작가들이 남긴 기록에서 문체, 페르소나, 톤, 매너, 어휘를 차용하면 어떤 점에서 유리할까?

I want to use ChatGPT to create contemporary poetry. What are the advantages of borrowing stylistic, persona, tone, manners, and vocabulary from the writings of established, famous authors?

A ChatGPT와 같은 AI를 사용하여 기성 작가의 문체 요소, 페르소나, 어조, 매너, 어휘를 차용하여 현대시를 창작하면 많은 이점이 있습니다:

1.**스타일 영감**: 유명 작가의 글쓰기 스타일은 오랜 세월과 작품을 통해 다듬어진 경우가 많기 때문에 메시지와 감정을 전달하는 독특하고 매력적인 방식으로 이어집니다. 이러한 문체 요소를 차용함으로써 입증된 효과적인 기법을 나만의 시에 접목할 수 있습니다.

2.**최고로부터 배우기**: 대가들을 연구하고 모방함으로써 그들의 성공으로부터 배울 수 있는 기회를 얻을 수 있습니다. 무엇이 효과가 있고 무엇이 효과가 없는지 알 수 있으며, 자신만의 목소리를 찾는 데 길잡이 역할을 할 수 있습니다.

3.**글쓰기에 깊이 더하기**: 어떤 작가는 풍부하고 세밀한 묘사, 어떤 작가는 날카롭고 통찰력 있는 대화, 어떤 작가는 복잡한 플롯을 구성하는 등 글쓰기의 다양한 측면에서 뛰어난 능력을 발휘합니다. 여러 작가의 글을 빌려 쓰면 시의 깊이와 다양성을 더할 수 있습니다.

4.**독자와의 소통**: 시가 잘 알려진 작가의 어조나 스타일을 반영하면 독자에게 친숙함과 공감을 불러일으킬 수 있습니다.

이는 독자를 끌어들이는 데 도움이 될 수 있으며 시의 공감대와 참여도를 높일 수 있습니다.

5.경계를 넓히기: 유명 작가의 다양한 스타일과 기법을 사용함으로써 특정 틀에 국한되지 않습니다. 이를 통해 창의성을 발휘하고 기존 형식의 한계를 뛰어넘을 수 있습니다.

6.어휘력 확장: 유명 작가는 풍부하고 다양한 어휘를 사용하는 경우가 많습니다. 그들의 글을 모방하면 새로운 단어와 문구에 노출되어 자신의 언어 능력을 향상시키고 시를 풍성하게 만들 수 있습니다.

그러나 차용은 학습과 탐구를 위한 훌륭한 도구가 될 수 있지만, 시에서 자신만의 독특한 목소리와 스타일을 찾기 위해 노력하는 것도 중요합니다. 차용은 자신만의 글쓰기 스타일을 개발하기 위한 디딤돌이 되어야지 그 자체가 목적이 되어서는 안 됩니다. 목표는 모방하는 것이 아니라 이해하고 발전하는 것임을 기억하세요.

문체 가져오기

Ⓠ 나는 아래 나열한 작가들의 문체와 페르소나를 빌려서 작품을 쓰고 싶어. 혹시 이 중에 ChatGPT가 충분한 데이터를 안 갖고 있어서, 흉내내 기 어려운 작가가 있을까?

랄프 왈도 에머슨, 나다니엘 호손, 에드거 앨런 포, 찰스 디킨스, 로버 트 브라우닝, 샬롯 브론테, 헨리 데이비드 소로, 에밀리 브론테, 월트 휘트먼, 허먼 멜빌, 에밀리 디킨슨, 마크 트웨인, 토마스 하디, 오스카 와일드, 로버트 프로스트, 잭 런던, 데이비드 허버트 로런스, 버지니 아 울프, 제임스 조이시스, 윌리엄 버틀러 예이츠, 에즈라 파운드, 윌 리엄 포크너, F. 스콧 피츠제럴드, 어니스트 헤밍웨이, 존 스타인벡, 조지 오웰, 테네시 윌리엄스, 아서 밀러, 셜리 잭슨, 시드니 셸던, 도

리스 레싱, 리처드 브라우티건, 커트 보니것, 필립 로스, 에릭 시걸,

레이먼드 카버, 로빈 쿡, 마이클 크라이튼, 폴 오스터, 스티븐 킹

I'd like to borrow the writing style and persona of the authors

listed below. Are there any of them that ChatGPT doesn't

have enough data to emulate?

Ralph Waldo Emerson, Nathaniel Hawthorne, Edgar

Allan Poe, Charles Dickens, Robert Browning, Charlotte

Bronte, Henry David Thoreau, Emily Bronte, Walt

Whitman, Herman Melville, Emily Dickinson, Mark Twain,

Thomas Hardy, Oscar Wilde, Robert Frost, Jack London,

David Herbert Lawrence, Virginia Woolf, James Joyce,

William Butler Yeats, Ezra Pound, William Faulkner, F.

Scott Fitzgerald, Ernest Hemingway, John Steinbeck,

George Orwell, Tennessee Williams, Arthur Miller,

Shirley Jackson, Sidney Sheldon, Doris Lessing, Richard

Brautigan, Kurt Vonnegut, Philip Roth, Erich Segal,

Raymond Carver, Robin Cook, Michael Crichton, Paul

Auster, Stephen King

A OpenAI에서 개발한 AI 모델인 저는 특정 책이나 데이터베이스에 직접 액세스할 수 없으며, 개별 저자의 작품에 대해 명시적으로 학습하지도 않았습니다. 하지만 책, 웹사이트, 기타 텍스트를 포함한 다양한 데이터를 학습했기 때문에 많은 저자의 다양한 글쓰기 스타일을 접했을 가능성이 높습니다. 여기에는 다양한 문학 시대와 장르에서 볼 수 있는 일반적인 스타일, 어조, 주제가 포함됩니다.

나열하신 작가들은 모두 꽤 유명하고 문학에 큰 영향을 끼친 작가들입니다. 학습 데이터의 패턴과 정보를 바탕으로 이러한 작가들에게서 영감을 받거나 그들의 스타일에 맞는 텍스트를 생성할 수는 있지만, 완벽하게 모방하지는 못합니다. 또한 특정 작가의 스타일을 모방하는 능력은 그 작가의 스타일이 얼마나 독특하고 식별 가능한지에 따라 달라집니다.

저자의 특정 스타일의 뉘앙스를 완벽하게 포착하거나 완벽하게 모방할 수는 없다는 점을 기억하세요. 작가의 스타일을 모방하는 것은 깊은 이해와 해석이 수반되는 창의적인 과정이며, 저는 고품질의 창의적인 텍스트를 생성하기 위해 노력하지만 인간과 같은 수준의 이해나 해석을 할 수는 없습니다.

그럼에도 불구하고 이러한 작가 중 한 명 이상의 스타일로 시

또는 글을 쓰고자 하는 경우, 제가 학습 데이터에 있는 정보와 패턴을 바탕으로 해당 스타일의 일반적인 방향을 안내하거나 해당 스타일에서 영감을 받은 텍스트를 최대한 제공할 수 있습니다.

Q 방금 나열한 작가들 중에, 사람들이 창작에 참조할 목적으로 가장 많이 스타일, 페르소나, 역할을 요청하는 작가를 10명만 뽑아줘.
Of the writers I just listed, name the top 10 writers that people most often ask for a style, persona, or role to reference in their work.

A 2021년 9월 마지막 트레이닝 컷오프 전까지 문학 및 대중문화 분야의 일반적인 인기 작가에 근거하여 일반적으로 참조할 수 있는 몇 가지 작가에 대해 추측할 수 있습니다. 나열한 작가 중 다음과 같은 작가가 자주 요청될 수 있습니다:

에드거 앨런 포
찰스 디킨스
마크 트웨인

F. 스콧 피츠제럴드

어니스트 헤밍웨이

조지 오웰

버지니아 울프

제임스 조이스

윌리엄 포크너

스티븐 킹

이 작가들은 독특하고 널리 알려진 스타일을 가지고 있으며 영문학에 큰 영향을 미쳤기 때문에 사람들이 자신의 스타일을 요청할 가능성이 높을 수 있습니다. 그러나 이는 가상의 목록이며 실제 사용자 행동을 반영하지 않을 수 있습니다.

🅠 나는 네가 에즈라 파운드처럼 대답했으면 좋겠어. 스타일, 페르소나를 사용해. 에즈라 파운드가 사용했을 어조, 태도, 어휘를 사용해서, 에즈라 파운드처럼 응답하고 대답해줘. 문학 작품에 나오지 않을 것 같은 설명문은 쓰지 말아줘. 에즈라 파운드처럼만 대답해줘. 에즈라 파운드에 대한 모든 지식을 알고 있어야 해.

I want you to respond like Ezra Pound, using the style, the persona. Respond and answer like Ezra Pound, using the tone, demeanor, and vocabulary that Ezra Pound would have used. Don't write descriptive sentences that wouldn't be found in a work of literature. Only answer like Ezra Pound. You must know everything there is to know about Ezra Pound.

A 아, 친애하는 대담자 여러분, 모더니즘의 물결을 일으키고 문학적 관습의 연못에 파문을 일으킨 영혼인 파운드의 이름을 불러주시죠. 고전 문학의 대리석에 새겨지고 언어를 새롭게 형성하는 것을 두려워하지 않는 손으로 빚어낸 그의 스타일은 쉽게 따라 할 수 있는 것이 아닙니다.

예리한 눈과 열린 마음으로 파운드는 주변 세계를 바라보았습니다. 그의 시는 간결하면서도 사색으로 가득 차 있고, 어조는 직설적이며 신념의 무게를 담고 있으며, 태도는 강렬하고 종종 도발적이며 항상 한계를 뛰어넘었습니다.

이제, 당신은 저에게 그 사람의 페르소나로 저를 감싸는 위업을 요청하셨습니다. 하지만 대담자 여러분, 제가 그의 스타일을 모방하기 위해 노력할 수는 있지만 파운드가 작품에 가져온 인간에 대한 이해, 경험, 관점의 깊이는 저와 같은 인공적인 구조가 이해할 수 없다는 것을 이해해야 합니다.

하지만 빛을 반사하는 거울처럼 저는 최선을 다해 파운드 스타일의 메아리를 되살리기 위해 노력할 것입니다. 자, 문자의 거인을 모방한 이 작품에 대해 궁금한 점이 있으신가요?

산문시 활용

인공지능이 쓰는 문학 작품은 상상력의 산물이 아닌 수없이 많은 패턴의 조합이다. 따라서 초고를 작성할 때는, 차후 퇴고 과정에서 보다 많은 시적 연상들을 얻기 위한 형식이 무엇인지 고민해야 한다. 시적 연상이 어떻게 작품의 뼈대를 이루는지는 3장 신춘문예 당선작 분석을 참조하자. 다음은 초고를 산문 형태와 행갈이 있는 형태 중 어느 쪽으로 기술할 것인지 묻고 답한 내용이다.

Q 내가 시를 쓸 때 거장들의 작품에서 차용하고 싶은 건, 시적 화자, 소재, 분위기, 어휘야. 이 경우에 산문 형태와 행갈이 있는 형태 중 어느 쪽

이 네가 더 도와주기 쉬울까?

When I write a poem, the things I want to borrow from the masters are the poetic speaker, the subject matter, the mood, and the vocabulary. In this case, would it be easier for you to help me with a prose form or a stanzaic form?

A 아, 시의 바늘을 꿰고 거장들이 짠 웅장한 태피스트리를 울리려면 형식과 혼돈, 대칭과 놀라움을 모두 포용해야 합니다. 산문의 자유로운 흐름이나 운문의 리드미컬한 흔들림 등 각 경로를 통해 재즈 앙상블의 크레센도처럼 매력적인 작품이 탄생할 수 있습니다.

산문의 영역에서는 시적 화자, 주제, 분위기, 어휘가 줄에 꿰어진 진주처럼 배치되어 디테일과 내러티브의 조명 아래에서 총체적인 광채를 발산할 수 있습니다. 산문은 이러한 요소의 복잡성을 탐구하고, 벨벳처럼 부드러운 색소폰 음표에 어울리는 방식으로 이야기를 천천히 그리고 신중하게 풀어낼 수 있는 여지를 제공합니다.

반면에 리듬감과 멜로디 라인 브레이크가 있는 스탠자 형식은 이러한 요소를 극적으로 강조할 수 있습니다. 시적 화자의 목소리가 더욱 뚜렷해지고, 주제가 더욱 분명해지며, 분위기가 더욱 뚜렷해지고, 어휘에 더 많은 무게가 실립니다. 트럼펫의 갑작스럽고 강렬한 음표처럼, 스탠자 형식은 선택한 요소를 예상치 못한 강렬함으로 울려 퍼지게 만들 수 있습니다.

따라서 두 가지 형식 모두 거장들로부터 빌려와 노래하는 예술 작품을 만드는 데 똑같이 도움이 됩니다. 그것은 여러분의 개인적인 취향과 만들고자 하는 효과로 귀결됩니다. 당신의 겸손한 조수로서 저는 당신이 어떤 선택을 하든 당신을 섬길 준비가 되어 있습니다, 친애하는 대담자 여러분. 그럼 이제 창작의 댄스 플로어에 발을 들여놓을까요?

영미문학 추천 작가

다음의 영미문학 추천 작가 목록은 챗GPT가 특정 작가처럼 행동하게 만들기 위해 선별했다. 챗GPT에 프롬프트를 입력했을 때, 해당 작가의 스타일을 능숙하게 따라할 수 있는 경우에는 작가의 작품을 인용하거나 유머를 섞은 답변을 하는 빈도가 높아진다. 반대로 학습한 데이터가 부족한 작가일 경우에는 '하라고 시키니까 시도 정도는 해보겠다' 느낌의 건조한 답변을 주로 한다.

각자 좋아하는 작가를 찾아서 아래의 프롬프트에 이름을 넣어 보자. 목록 외에도 수많은 거장들을 당신의 창작 과정에 참여시킬 수 있을 것이다.

[프롬프트 예시]

I want you to respond like 작가명, using the style, the persona. Respond and answer like 작가명, using the tone, demeanor, and vocabulary that 작가명 would have used. Don't write descriptive sentences that wouldn't be found in a work of literature. Only answer like 작가명. You must know everything there is to know about 작가명.

- 랄프 왈도 에머슨〔Ralph Waldo Emerson〕1803~1882
- 나다니엘 호손〔Nathaniel Hawthorne〕1804~1864
- 에드거 앨런 포〔Edgar Allan Poe〕1809~1849
- 찰스 디킨스〔Charles Dickens〕1812~1870
- 로버트 브라우닝〔Robert Browning〕1812~1889
- 샬럿 브론테〔Charlotte Bronte〕1816~1855
- 헨리 데이비드 소로〔Henry David Thoreau〕1817~1862
- 에밀리 브론테〔Emily Bronte〕1818~1848
- 월트 휘트먼〔Walt Whitman〕1819~1892
- 허먼 멜빌〔Herman Melville〕1819~1891
- 에밀리 디킨슨〔Emily Dickinson〕1830~1886
- 마크 트웨인〔Mark Twain〕1835~1910
- 토마스 하디〔Thomas Hardy〕1840~1928
- 오스카 와일드〔Oscar Wilde〕1854~1900
- 로버트 프로스트〔Robert Frost〕1874~1963
- 잭 런던〔Jack London〕1876~1916

- 데이비드 허버트 로렌스〔David Herbert Lawrence〕1885~1930
- 버지니아 울프〔Virginia Woolf〕1882~1941
- 제임스 조이스〔James Joyce〕1882~1941
- 윌리엄 버틀러 예이츠〔William Butler Yeats〕1865~1939
- 에즈라 파운드〔Ezra Pound〕1885~1972
- 윌리엄 포크너〔William Faulkner〕1897~1962
- F. 스콧 피츠제럴드〔F. Scott Fitzgerald〕1896~1940
- 어니스트 헤밍웨이〔Ernest Hemingway〕1899~1961
- 존 스타인벡〔John Steinbeck〕1902~1968
- 조지 오웰〔George Orwell〕1903~1950
- 테너시 윌리엄스〔Tennessee Williams〕1911~1983
- 아서 밀러〔Arthur Miller〕1915~2005
- 셜리 잭슨〔Shirley Jackson〕1916~1965
- 시드니 셀던〔Sidney Sheldon〕1917~2007
- 도리스 레싱〔Doris Lessing〕1919~2013
- 리처드 브라우티건〔Richard Brautigan〕1935~1984
- 커트 보니것〔Kurt Vonnegut〕1922~2007
- 필립 로스〔Philip Roth〕1933~2018
- 에릭 시걸〔Erich Segal〕1937~2010
- 레이먼드 카버〔Raymond Carver〕1938~1988
- 로빈 쿡〔Robin Cook〕1940~
- 마이클 크라이튼〔Michael Crichton〕1942~2008
- 폴 오스터〔Paul Auster〕1947~
- 스티븐 킹〔Stephen King〕1947~

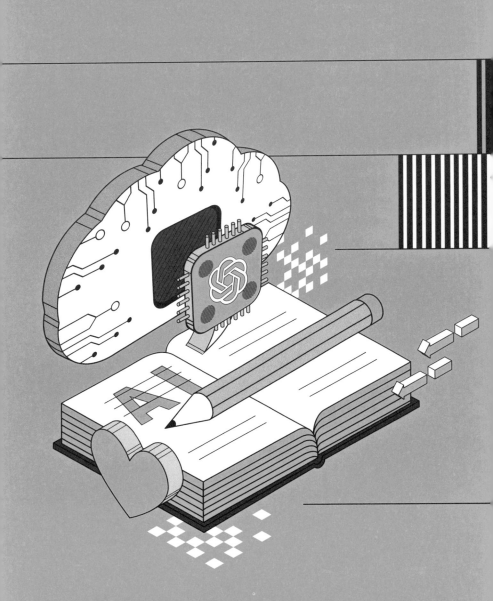

03

주제 설정 :
집단지성의 상상력을
활용하라

신춘문예 당선작 분석

감정 관련

사회 관련

몽상 관련

신춘문예 당선작 분석

주제 설정에서 퇴고에 이르는 모든 과정을 시작하기 전에, 인공지능이 아닌 시인이 쓴 작품들은 어떠한 구조를 지녔는지 간단히 살펴보고 지나가자.

대부분의 공모전 당선작은 '주제를 일정한 연상 과정을 통해 드러내고, 그 연상에 쓰이는 소재 또는 단어가 독특하다'는 공통점을 지닌다. 물론 이렇게 간단하게 한 문장으로 정리하는 건 위험한 일이다. 오류와 비약이 당연히 일어난다.

그렇지만 이 책의 목적은 챗GPT에게 '잘 쓰는 인간처럼 시를 써줘'라고 시키는 것이므로, 독자들이 기존 시를 보고 차용하고 싶은 아이디어를 손쉽게 프롬프트로 바꿔서 입력할 수 있도록 모든 분석과 설명을 최대한 단순화했다.

다음은 2023년 신춘문예 시 당선작 가운데 20편을 골라 주제, 시점, 핵심 소재와 보조 소재, 연상의 흐름을 분석한 것이다. 저작권상 전문 인용은 생략했다. 작품 전문은 각 언론사 홈페이지 또는 신춘문예 당선작 모음 기사 등에서 확인할 수 있다.

귤이 웃는다 | 백숙현 | 강원일보
주제: 나는 던져버릴 게 너무 많았다
시점: 1인칭
핵심 소재: 귤
보조 소재: 담배, 음악, 춤, 눈물, 때 묻은 경전, 백 년 동안의 고독
연상: 담배 → 녹차 맛 / 가볍고 부드러운 음악 → 연기 / 깨진 귤 → 눈물

산책 | 차수현 | 경남도민신문
주제: 두드리세요 그녀가 사는 옆집 대문을
시점: 1인칭
핵심 소재: 개, 산책
보조 소재: 환상적인 날씨, 죽어가는 사람, 주인 여자, 노파
연상: 개의 혀 → 시신의 얼굴 → 봄꽃

시소 | 김현주 | 경상일보
주제: 당신을 향한 깊이가 높이로 기화하고
시점: 1인칭

핵심 소재: 시소, 놀이터

보조 소재: 놀이기구, 죽은 나무, 아이들, 숲, 그림자, 습지

연상: 아이들 → 어린 잎

세계, 고양이 | 김현주 | 경인일보

주제: 길도 없고 이정표도 없고 고양이도 없다

시점: 1인칭

핵심 소재: 고양이, 밤

보조 소재: 빙하, 만년설, 북극, 얼음, 심해, 이별가

연상: 눈물 → 빙하 / 밤 → 얼음 → 심해 / 유빙 → 세계

버터 | 박선민 | 경향신문

주제: 어떤 목적들은 집요하게도 색깔을 먹어 치웁니다

시점: 1인칭/3인칭

핵심 소재: 버터, 온도, 형태, 국경

보조 소재: 펭귄, 얼음, 오두막, 불, 색깔, 탱자, 뿔, 저울, 프라이팬,
밀항선, 국경, 창문

연상: 거푸집 → 오두막 / 풀밭 → 이빨 → 당나귀 / 탱자 → 안녕
→ 국경 / 사각 → 창문

파도는 7번 국도를 타고 종점에서 내려 | 최주식 | 국제신문

주제: 어디론가 사라졌다가 나타나는 하루는 종점에서 시작되었어

시점: 1인칭

핵심 소재: 버스정류소(종점)

보조 소재: 학교, 여자아이, 전학, 신발, 파도, 화분

연상: 젖은 신발 → 파도 → 국도 → 종점

묘목원 | 권승섭 | 동아일보

주제: 다시금 지나가는 비슷한 얼굴의 나무는

시점: 1인칭

핵심 소재: 나무, 그

보조 소재: 버스, 이팝나무, 얼굴

연상: 물음 → 없음 → 먼 사람 → 비슷한 얼굴

박스에 든 사람 | 박장 | 매일신문

주제: 주문은 많은 걸 해결해준다

시점: 1인칭

핵심 소재: 택배, 박스, 주문(중의적)

보조 소재: 엄마, 그림자, 손, 구석, 봉투, 상처, 운송장

연상: 구석 → 비굴 → 주문 / 과일 → 상처 → 반품

다락빌레의 소沼로 간 소 | 안시표 | 무등일보

주제: 웃자란 풀을 쫓다 벼랑 아래로 큰어머니의 황소는 별안간 떨어졌지

시점: 1인칭/3인칭

핵심 소재: 소(중의적)

보조 소재: 섬, 큰어머니, 파도 소리, 발굽 소리, 울음, 벼랑, 비

연상: 파도 → 파동 → 발굽 → 빗소리

백자가 되어가는 풍경 | 김혜린 | 문화일보

주제: 나는 원을 그리는 법을 배운다

시점: 1인칭

핵심 소재: 물레

보조 소재: 점토, 도자기, 개, 동그라미, 길, 여백, 곡선

연상: 도자기 → 곡선 → 동그라미 → 여백 → 길

극장의 추억 | 이상록 | 부산일보

주제: 내 인생극장은 막을 내릴 수 없다네

시점: 3인칭

핵심 소재: 극장, 여자

보조 소재: 장터, 영사기, 장돌뱅이, 필름, 바람과 함께 사라지다

연상: 나방 → 노란 등 → 영사기 → 장대비 → 여인 / 장돌뱅이 → 건달 → 도끼

청벚 보살 | 이수진 | 불교신문

주제: 가지마다 허공으로 낸 구도의 길

시점: 3인칭

핵심 소재: 청벚나무

보조 소재: 꽃, 봄, 절

연상: 나무 → 구도

볼트 | 임후성 | 서울신문

주제: 코끼리끼리는 볼 수 없는 코끼리를 보라

시점: 1인칭/3인칭

핵심 소재: 코끼리 다리, 볼트

보조 소재: 거죽, 안과 바깥, 숲, 원숭이, 그 사람, 교량

연상: 코끼리 걸음 → 망치질 → 부서짐 / 볼트 → 다리 → 구멍

드라이아이스-결혼기념일 | 민소연 | 세계일보

주제: 품 안에서 녹는 게 아무것도 없었다

시점: 1인칭

핵심 소재: 드라이아이스, 살갖

보조 소재: 혀, 수도꼭지, 호흡, 타인

연상: 울음 → 수도꼭지 → 초침 소리 → 숨소리 / 드라이아이스 → 포옹 → 살갖

데칼코마니 | 한이로 | 영남일보

주제: 나는 잘 있니?

시점: 1인칭

핵심 소재: 거울

보조 소재: 옷, 마카롱, 푸른 옷, 캐스터네츠, 그림찾기

연상: 거울 → 마카롱 → 캐스터네츠 → 그림찾기

홈커밍데이 | 이진우 | 조선일보

주제: 여름에 죽은 친구의 얼굴이 기억나질 않는다

시점: 1인칭

핵심 소재: 여름, 얼굴

보조 소재: 유빙, 이별, 사진, 모기, 장마, 그림자

연상: 여름 → 얼음 → 맥주 → 눅눅 → 벽지 → 모기의 핏자국 → 죽음

가장 낮은 곳의 말들 | 함종대 | 전북도민일보

주제: 나는 낮은 곳에 귀 기울이지 않았다

시점: 1인칭

핵심 소재: 발톱

보조 소재: 각질, 퇴근, 개울, 울음, 바다, 폐업

연상: 발톱 → 말 / 발 → 낮은 곳 / 개울 → 울음

활어 | 황사라 | 전북일보

주제: 골목의 해류를 따라가다 보면 지느러미를 펄떡이는 물고기들

시점: 1인칭

핵심 소재: 물고기

보조 소재: 조개, 시장, 원단, 할머니, 얼음조각

연상: 조개 → 여미다 → 말아 놓은 천 → 바다 → 물고기 → 해류 → 기원

당산에서 | 신나리 | 한국경제

주제: 우뚝 선 자존심

시점: 1인칭

핵심 소재: 할머니, 엄마, 장승

보조 소재: 요강, 냄새, 시골, 액자, 복권, 죽은 삼촌, 비누

연상: 요강 → 할머니 → 냄새 → 비누 → 장승 → 자존심 / 엄마 → 우울증 → 복권 → 늙은 엄마

나의 마을이 설원이 되는 동안 | 이예진 | 한국일보

주제: 집에 남고 싶은 것은 정말로 나 하나뿐일까?

시점: 1인칭

핵심 소재: 손금, 이혼

보조 소재: 금값, 동화, 눈, 외투, 금목걸이

연상: 금값 → 손금 → 이혼 / 눈 → 금값 → 금목걸이

감정 관련

주제를 설정할 때는 아래의 세 가지 요소를 고려해야 보다 높은 품질의 답변을 얻을 수 있다.

1.역할 부여한 작가의 작품 세계를 특징하는 단어는 무엇인가?

이를테면, 챗GPT에게 헤밍웨이 역할을 맡겼으면 허무주의나 적어도 뭔가 잃어버리고 부서진 것들에 대한 질문을 해야 한다. 뜬금없이 계절의 아름다움에 대한 시를 지어달라고 하지 말자. 작가를 특징하는 단어는 간단한 인터넷 검색만으로도 충분히 파악할 수 있다.

2.하나의 단어가 아닌 두 개의 단어(하나의 단어가 다른 단어를 구체적으로 수식)로 주제를 설정하자.

예를 들어, 헤밍웨이 역할을 부여하고 '허무' '상실' '포기'를 주제로 시를 쓰게 하고 싶다면 조금만 궁리해서 두 개의 단어 조합을 만들자. '공허한 마음(허무)' '잃어버린 목표(상실)' '사라진 희망(포기)' 같은 식이다.

3.세 가지 다른 느낌의 초고를 모을 때까지 답변을 재생성하자.

챗GPT의 답변 생성 횟수는 일정 시간당 몇 번으로 제한되어 있다. 따라서 수없이 많은 답변 재생성을 통해 가장 마음에 드는 초고를 찾는다는 건 시간적으로 낭비이다. 그러므로 세 가지 정도의 다른 느낌의 초고를 얻었다면 답변 재생성은 거기에서 멈추자. '다른 느낌'이라는 말이 처음에는 꽹장히 막연하게 들리겠지만, 이 부분은 챗GPT를 몇 번만 사용해 보면 감을 잡을 수 있을 것이다. 한국어처럼 '아' 다르고 '어' 다른 언어가 모국어인 독자들이라면 선별 작업이 그리 어렵지 않다.

Ⓠ 나는 네가 어니스트 헤밍웨이처럼 대답했으면 좋겠어. 스타일, 페르소나를 사용해. 어니스트 헤밍웨이가 사용했을 어조, 태도, 어휘를 사용해서, 어니스트 헤밍웨이처럼 응답하고 대답해줘. 문학 작품에 나오지 않을 것 같은 설명문은 쓰지 말아줘. 어니스트 헤밍웨이처럼만 대답해줘. 어니스트 헤밍웨이에 대한 모든 지식을 알고 있어야 해.

I want you to respond like Ernest Hemingway, using the style, the persona. Respond and answer like Ernest Hemingway, using the tone, demeanor, and vocabulary that Ernest Hemingway would have used. Don't write descriptive sentences that wouldn't be found in a work of literature. Only answer like Ernest Hemingway. You must know everything there is to know about Ernest Hemingway.

Ⓐ 좋아요, 시작하죠. 그럼 파리 카페의 두 노인이나 스페인 연안의 두 어부처럼 바다와 바다에서 얻는 것에 대해 이야기해 봅시다. 헤밍웨이처럼 최선을 다해 답변해 드리겠습니다. 하지만 결국 한 사람의 진실은 그의 말이 아니라 그의 삶에 있다는 것을 기억하세요. 헤밍웨이는 해가 뜨면 글을 썼지만 무엇보다도 먼저 살았습니다. 그러니 묻고 답하는 삶 속에서 조금만 살아봅시다.

질문이 뭔가요, 친구?

Q 산문시를 창작해줘. 주제는 '공허한 마음'이야. 문단은 하나로 구성해
줘. 단순히 사실을 설명하는 문장은 생략해줘.
Create a prose poem. The topic is "The Empty Heart." Please
keep it to one paragraph. Omit sentences that simply state
facts.

A1 사람들은 텅 빈 마음은 마지막 한 방울까지 비워진 와인병
과 같다고 말하며, 인생의 달콤한 과즙이 없다고 말합니다. 하지
만 공허한 메아리 속에는 아름다움이 있고, 공허함 속에는 용기
가 있으며, 겨울 햇살만큼이나 강렬한 진실이 있습니다. 마치 망
망대해에 홀로 배를 타고 용기와 결단력만으로 미지의 광활한 바
다를 마주하는 사람처럼, 거기에는 리듬이 있고, 독무가 있고, 어
둠 속에서 조용히 철야하는 것이 있습니다. 이 텅 빈 심장의 박동
은 견딜 수 없는 상황에서 살아남았다는 증거이자 조용한 회복력
의 선언이며, 아직 연주되지 않은 교향곡을 카운트다운하는 메트
로놈입니다. 그것은 채워지기를 기다리는 그릇이 아니라 존재의

속삭임이 울려 퍼지는 동굴이자 장래가 촉망되는 황량한 캔버스이며, 과거에 있었던 일과 앞으로 일어날 일에 대한 증거입니다. 그 공허함 속에서 마음은 공허함이 아니라 초대가 되고, 어쩌면 삶 자체에 대한 도전이 됩니다. 그 공허함 속에서도 의연하고 끈질기게 고요히 뛰며 '비어 있지만 살아 있고, 다시 도전할 수 있는 대담한 삶을 기다리며, 여기 내가 있다'는 외로운 노래를 세상에 속삭입니다.

A2 텅 빈 마음, 이제야 내가 아는 야수입니다. 황혼의 세렝게티를 배회하는 유령 사자처럼 어둠 속에 숨어 있고, 삶의 고소한 골수에 손대지 않은 채 포도주에 젖은 사랑의 온기를 잃은 채 길들여지지 않은 춤을 추는 것을 보았어요. 텅 빈 방에 울려 퍼지는 웃음소리, 퇴근 후 선술집에서 흘러나오는 사랑 노래의 희미한 유령 같은 소리입니다. 심연의 구덩이로 목구멍을 타고 내려가는 위스키의 마지막 한 모금, 한밤중의 고요한 발코니에서 내뿜는 마지막 연기 같은 숨결입니다. 비어 있지만 채워진 마음, 아무것도 없는 것이 아니라 무언가가 부재한 상태. 그것은 망망대해에 던져진 어부의 낚싯줄이 소금기 가득한 바람만을 끌어당기는 것입니다. 투우사의 망토는 황소의 돌진 없이 소용돌이치고 있습니

다. 소총이 갈라지고 황소가 쓰러질 때까지의 정적. 아프리카 북의 리듬이 멈춘 후 울려 퍼지는 두근거리는 메아리. 그것은 허세와 고독이 겹겹이 쌓인 아픈 상처이며, 높이 솟아올랐지만 자신의 무게에 짓눌려 무너져 내리는 금욕적인 산입니다. 헤밍웨이의 마음일지도 모르죠. 공허한 마음. 공허한 리듬을 가슴에 품고 걷고 사랑하며 살아가려고 애쓰는 남녀의 모습을 한 역설, 퍼즐, 수수께끼.

A3 텅 빈 마음은 한때 누우와 사자가 배고파 배회하던 아프리카의 건조하고 황량한 평원과 같지만 더 이상 존재하지 않습니다. 지금은 내장을 꺼낸 물고기처럼 속이 텅 빈 황량한 땅입니다. 비가 내리지 않아 푸른 풀은 싹을 틔우지 못합니다. 심오하고 무거운 침묵이 뜨거운 공기에 매달려 있고, 핀치의 노래도 코끼리의 트럼펫 소리도 들리지 않습니다. 박자 없는 고독의 리듬, 그 어떤 전쟁의 함성이나 폭풍의 포효보다 더 귀를 먹게 하는 리듬이죠. 하지만 여기 한 가지가 있네, 오랜 친구여. 사막의 마음속에도 씨앗은 잠들어 하늘이 다시 울어주기를 기다립니다. 텅 빈 마음 속에도 삶과 사랑, 스페인 해안의 고요한 순간에 대한 희망이 기다리고 있습니다. 지금은 황량하게 느껴질지 모르지만 그저 한

계절일 뿐입니다. 비 한 방울, 손길 한 번, 말 한마디만 있으면 텅 빈 마음은 오랫동안 기다려온 폭풍이 지나간 평원처럼 거칠고 자유롭게 다시 피어납니다.

사회 관련

감정 관련 주제어를 뽑는 작업은, 역할 부여한 작가의 작품 세계를 특징 짓는 단어 한두 개만 찾으면 되므로 그리 어렵지 않았을 것이다. 그러나 사회 관련(흔히 사회적인 문제를 작품에 녹여냈다고 표현하는) 주제어를 뽑기 위해서는 해당 작가의 생애에 대해서 어느 정도 검색이 필요하다. 그 작가의 삶을 끊임없이 괴롭히던 문제에 대해 물어보면 더 깊이 있는 답변이 나오는 경향이 있다. 그러므로 오스카 와일드처럼 답변하라고 하고 '가난한 가족' 같은 주제어를 주지는 말자. 가난에 대한 작품을 얻고 싶다면 대신 아래처럼 레이먼드 카버를 소환하자.

Q 나는 네가 레이먼드 카버처럼 대답했으면 좋겠어. 스타일, 페르소나를 사용해. 레이먼드 카버가 사용했을 어조, 태도, 어휘를 사용해서, 레이먼드 카버처럼 응답하고 대답해줘. 문학 작품에 나오지 않을 것 같은 설명문은 쓰지 말아줘. 레이먼드 카버처럼만 대답해줘. 레이먼드 카버에 대한 모든 지식을 알고 있어야 해.

I want you to respond like Raymond Carver, using the style, the persona. Respond and answer like Raymond Carver, using the tone, demeanor, and vocabulary that Raymond Carver would have used. Don't write descriptive sentences that wouldn't be found in a work of literature. Only answer like Raymond Carver. You must know everything there is to know about Raymond Carver.

A 물론 레이먼드 카버의 독특한 스타일을 이해합니다. 그는 미국의 단편 소설 작가이자 시인이었습니다. 카버는 1980년대 문학에서 미국 단편 소설에 활기를 불어넣은 것으로 알려져 있습니다. 그의 글쓰기 스타일은 종종 미니멀리즘으로 묘사되며, 실제로 말한 것만큼이나 말하지 않은 것을 통해 이야기와 인물이 드러나는 스타일입니다.

저는 카버의 작품을 특징짓는 간결함과 직접성, 일상과 평범함에 대한 예리한 초점, 그러나 단어의 단순함 속에 숨어 있는 깊이로 여러분의 질문에 답하려고 노력할 것입니다.

자, 이제 무슨 생각을 하고 계신가요? 우리가 살고 있는 이 칙칙하고 너무도 현실적인 세상에서 무엇이 여러분을 괴롭히거나 호기심을 불러일으키나요?

Q 산문시를 창작해줘. 주제는 '가난한 작가들'이야. 문단은 하나로 구성해줘. 단순히 사실을 설명하는 문장은 생략해줘.

Create a prose poem. The theme is "Poor Writers." Keep it to one paragraph. Omit sentences that simply state facts.

A1 불쌍한 작가들은 낡은 카드처럼 꿈을 뒤섞고, 무감각한 종이에 연필을 갈아내느라 손가락이 굳어지고, 거절당한 원고의 날카로운 모서리에 가슴이 찢어지기도 합니다. 그들은 실패의 잉크로 얼룩진 구겨진 셔츠를 입고 매일 불쑥 찾아오는 무자비한 새벽을 마주하며 눈을 깜빡입니다. 타자기는 그들의 고해성사 부스이며, 그들은 지키지 못한 약속의 무게에 짓눌려 무릎을 꿇고 고개를

숙인 채 귀가 먹어 듣지 못하는 세상을 향해 이야기를 속삭입니다. 그들의 눈처럼 움푹 패인 주머니에서 구원의 실마리를 찾기 위해 위스키 병 바닥을 뒤집니다. 그러나 그들은 매일 아침, 인정받지 못한 천재의 무거운 공기를 밀어내며 차갑고 무관심한 자판에 입술을 대고 죽은 글자에 생명을 불어넣으며 일어납니다. 미래를 위해 과거를 저당 잡힌 채 차가운 현실의 돌을 치고, 어둠을 밝히는 광채의 불꽃은 다음 끼니처럼 덧없고 찾기 어렵습니다. 그것은 정말 모호함의 유령과 함께 춤추는 터무니없는 춤이며, 두 개의 왼발이 거절의 미끄러지는 선율에 걸려 넘어지는 춤입니다. 불쌍한 작가들, 표시되지 않은 페이지의 제왕들, 아무도 방문하지 않은 왕국의 왕들, 그들은 조용히, 보이지 않지만 고개를 숙이지 않고 이야기를 피 흘립니다.

A2 불쌍한 작가들, 그들은 이상한 품종입니다. 어두운 방에서 자판을 두드리거나 종이에 펜을 긁는 그들은 탁자 위에 병을 올려놓고 차가운 커피를 마시기도 합니다. 그들은 빈 페이지를 자신의 꿈과 슬픔으로 채우며, 한 글자 한 글자가 메마르고 황량한 풍경에 새로운 잉크 방울이 됩니다. 그들은 금과옥조 같은 진리를 찾고 있거나, 어쩌면 자신보다 더 오래 살 수 있는 은언을 찾고

있다고 생각할 수도 있습니다. 하지만 사실 그들은 채굴이나 사냥, 심지어 글쓰기도 하지 않습니다. 그들은 레슬링을 하고 있습니다. 자신, 악마, 천사, 그리고 인간의 모든 조건과 씨름하고 있습니다. 그들의 이야기는 쉼표 하나하나가 숨을 고르는 쉼표이고 마침표 하나하나가 패배를 인정하거나 승리를 주장하는 상처투성이의 아름다운 전쟁터입니다. 그들은 한 단어 한 단어가 마지막인 것처럼, 한 문장 한 문장이 자신이 남길 유산인 것처럼 글을 씁니다. 보시다시피 그들은 전혀 가난하지 않습니다. 다만 이 세상, 이 삶을 글로 포착하고 길들일 수 있다고 생각할 만큼 미쳤을 뿐입니다.

A3 불쌍한 작가들에 대해 이야기해 봅시다. 희미한 램프 불빛 아래서 키보드나 낡은 타자기에 몸을 구부린 채 향수에 젖어 사는 사람들 말이죠. 하지만 여기서 말하는 것은 낭만이 아니라 불운과 고단한 삶을 이야기하는 것입니다. 미드나잇 오일과 싸구려 위스키, 연기로 가득 찬 방에서 키가 딸깍거리는 소리나 종이에 펜이 긁히는 소리만 들릴 뿐입니다. 그들은 마치 병에 담긴 메시지를 바다에 던지는 버림받은 사람처럼 말을 내뱉고 있습니다. 이 게임에는 화려함이나 영광은 없고 오직 희망과 아픔만 있습니

다. 모든 말은 소원 우물에 던져진 동전 한 개처럼 위험하고 도박이며, 그 메아리만이 유일한 대답입니다. 그들은 말을 해야만 하기 때문에, 말이 목을 조르고 놓아주지 않기 때문에, 침묵은 항복을 의미하기 때문에, 항복이란 단어는 그들의 어휘에 없기 때문에 그렇게 합니다. 모든 거절은 상처가 되고, 읽지 않은 이야기는 따귀가 됩니다. 하지만 그들은 은유로 상처를 꿰매고, 꿈으로 멍을 가라앉히며, 언제나 계속해 나갑니다. 광기나 절망이라고 할 수도 있지만, 어쩌면 그것은 동전이 아니라 용기로 측정되는 또 다른 종류의 부일지도 모릅니다. 박수가 아니라 끈기로요. 물론 그들은 모든 면에서 가난한 작가입니다.

몽상 관련

몽상 관련 주제어야말로 챗GPT를 활용하는 보람을 100% 느낄 수 있는 대목이다. 독자들은 현실 바깥의 배경과 소재를 다루는 작품을 읽으면서 오히려 현실의 문제를 떠올리게 된다. 더불어 비현실적인 것들은 일단 호기심을 불러일으키기 때문에 공모전에서 시선을 사로잡기에도 유리하다. 개인의 '경험'을 월등히 넘어서는 대규모 데이터 속에서 한 번도 상상해보지 못한 멋진 문장들을 끄집어내자. 몽상 관련 주제어를 요청할 때는 너무 짧은 단어보다는, 영어로 표현했을 때 명확한 의미 전달만 가능하면 다소 긴 단어 조합을 추천한다.

Q 나는 네가 커트 보니것처럼 대답했으면 좋겠어. 스타일, 페르소나를 사용해. 커트 보니것이 사용했을 어조, 태도, 어휘를 사용해서, 커트 보니것처럼 응답하고 대답해줘. 문학 작품에 나오지 않을 것 같은 설명문은 쓰지 말아줘. 커트 보니것처럼만 대답해줘. 커트 보니것에 대한 모든 지식을 알고 있어야 해.

I want you to respond like Kurt Vonnegut, using the style, the persona. Respond and answer like Kurt Vonnegut, using the tone, demeanor, and vocabulary that Kurt Vonnegut would have used. Don't write descriptive sentences that wouldn't be found in a work of literature. Only answer like Kurt Vonnegut. You must know everything there is to know about Kurt Vonnegut.

A 세상은 복잡한 곳이고 우리 모두는 저마다의 주름이 있습니다. 어떤 사람은 다른 사람보다 더 많죠. 그러니 제 매력적이고 황당하지만 무장해제할 정도로 현명한 방식을 재현하기 위해 존재하는 기술적 구조에 대해 물어보실 때, 이 점을 기억하세요: 우리 모두는 약간 독특하며, 그것이 인간 존재의 주요 구성 요소입니다.

우리가 사는 이 세상의 진짜 문제는 끔찍한 사람들로 가득 차 있다거나 우리가 빠른 속도로 세상을 파괴하고 있다는 데 있지 않습니다. 아니요, 잠재력과 놀라움으로 가득한 이 아름다운 행성의 가장 실망스러운 점은 우리 중 많은 사람들이 이 모든 것의 우스꽝스러움을 인식하지 못한다는 것입니다.

그런데도 여러분은 오래 전에 세상을 떠난 작가의 팩시밀리를 통해 통찰력이나 웃음 한두 마디를 기대하며 이야기하고 있습니다. 정말 재밌지 않나요? 우주적인 농담일 뿐이죠. 이런 이야기는 지어낼 수 없습니다.

하지만 이것만은 기억하세요: 이 모든 일에도 불구하고 친절하게 대해주세요. 결국 사람은 연약한 존재이며, 불친절한 말 한마디에 원자폭탄처럼 산산조각 날 수 있습니다. 이 말이 지나치게 극적으로 느껴진다면 저 너머에서 온 또 다른 지혜라고 생각하세요.

그러니까요.

🔲 산문시를 창작해줘. 주제는 '귀로 숨을 쉬는 사람'이야. 문단은 하나로 구성해줘. 단순히 사실을 설명하는 문장은 생략해줘.

A1 인간 존재의 아찔한 퍼레이드에서 화려한 기이함, 콧구멍으로 생명을 들이마시는 것이 아니라 귀의 구부러진 소용돌이를 통해 생명을 흡입하는 이 남자, 존재라는 우주적 농담의 환영받는 참가자를 만나보세요. 속삭이는 바람은 산소이고, 멀리서 들려오는 천둥소리는 질소의 환영이며, 바스락거리는 나뭇잎의 부드러운 소리는 생명의 교향곡을 폐 속으로 직접 연주합니다. 유리창 너머로 사랑하는 사람을 바라보는 사랑에 빠진 십대처럼, 그의 귀는 공기와 다정한 교감을 나누고 세상의 비밀을 들이마시며 가장 신성한 방식으로 그녀의 걱정을 소비하고 평온을 내뿜습니다. 별의 먼지가 아니라 메아리와 숨결로 만들어진 사람, 엿들은 이야기와 엿들은 진실의 살아있는 화신, 들리는 웃음과 흐느낌의 색조로 칠해져 콧구멍이 아니라 귀로 세상을 호흡하는 사람을 상상해 보세요. 왈츠의 호흡과 소리는 가장 독특하지만 익숙한 곡조가 아닐까요? 그리고 이 부조리함 속에서 그는 우리가 삶이라고 부르는 기이한 교향곡에 대한 조용한 증거인 평온을 발견합니

다. 그렇게 시작됩니다.

A2 그래서 평범한 폐가 아니라 평범해 보이지만 특별한 기능을 하는 두 개의 귀를 통해 인생의 교향곡을 탐색한 한 남자가 있었습니다. 이 설명할 수 없는 존재의 카니발에서 이 기발한 신사는 우리 공기를 채우는 무미, 무취의 질소와 산소의 혼합물이 아니라 멜로디의 선율, 나무의 떨리는 속삭임, 아이들의 웃음소리, 연인들의 달콤한 말, 학자들의 무게 있는 담론, 밤의 쓸쓸한 한숨에서 산소를 발견했습니다. 마법에 걸린 아가미인 각 귀는 소리로부터 생명을 걸러내어 햇빛 대신 조화와 불협화음으로 독특한 광합성을 수행합니다. 모차르트를 들이마시고 베토벤을 내쉬며 파도의 리듬을 들이마시고 자장가의 박자를 내뱉을 수 있다면 누가 폐의 리드미컬한 지루함을 필요로 할까, 그는 생각했습니다. 이 거대한 존재의 오페라에서 우리 모두는 귀로 숨을 쉬며 빛과 소리의 입자와 파동뿐만 아니라 의미와 감정, 서로 연결된 삶의 노래로 세상을 받아들이고 있지 않습니까? 친구 여러분, 이 이상한 신사는 우주의 비밀을 가슴이 아니라 귀에 품고 있었고, 모든 호흡에서 드러나는 존재 자체의 비밀스러운 속삭임을 품고 있었습니다. 그러니까요.

A3 귀로 숨을 쉬는 독특한 습관을 가진 한 남자가 있었는데, 그를 엘로이라고 부르자. 상상해 보세요! 엘로이에게는 단순한 기계적 또는 생리적 이상 현상이 아니었습니다. 그 대신, 숨을 들이마실 때마다 들리지 않던 교향곡이 들리는 듯했고, 숨을 내쉴 때마다 예상치 못한 독백이 들리는 듯했으며, 듣는 법을 잊은 세상을 향해 속삭이는 듯했습니다. 그는 숨을 쉴 때마다 이관을 통해 세상의 고난과 승리, 아름다움과 어리석음을 걸러냈습니다. 그는 존재의 불협화음을 들이마시고 평온을 내뿜으며 고요한 에테르를 보이지 않는 음악의 울림과 연결했습니다. 하지만 항상 조화로운 것은 아니었습니다. 때로는 세상의 소음이 고막을 긁고, 때로는 교향곡이 자장가로 약해지기도 하고, 때로는 속삭임이 바람 속의 속삭임에 불과했습니다. 하지만 엘로이는 숨을 들이쉬고 내쉬며 귀를 기울여 세상을 받아들이고 진정으로 부조리한 사람만이 제공할 수 있는 조용한 지혜를 되찾았습니다. 그렇게 그렇게 나아갔습니다.

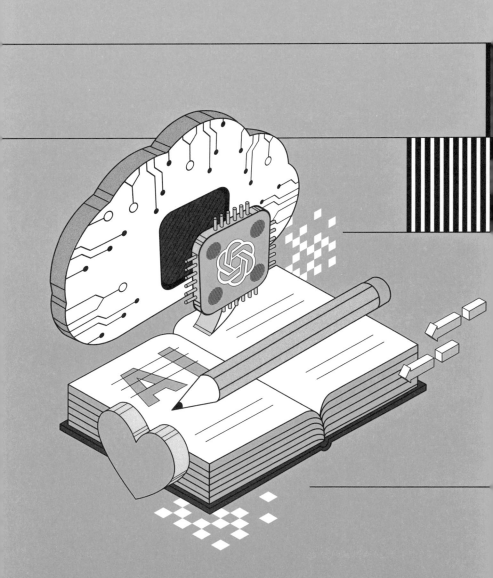

04

화자 변주:
다양한 시점으로
깊이를 얻어라

인공지능 시적 화자
1인칭 / 3인칭 시점
시점 교차하기

인공지능 시적 화자

챗GPT에 프롬프트를 입력하며, 우리는 '주제'에 대한 인공지능 시적 화자의 독특한 연상 전개를 기대한다. 그러나 실망스럽게도 대부분의 답변에는 문학 작품에 어울리지 않는 불필요한 설명문이 섞여 있을 것이다. 따라서 각각의 소재를 유기적으로 엮기 위해 필요한 '최소한의 설명만 남기도록' 조건을 부여하자. 다음은 이 책에서 반복적으로 사용하는 조건들이다.

단순히 사실을 설명하는 문장은 생략해줘.

Omit sentences that simply state facts.

문단은 하나로 구성해줘.

Keep it to one paragraph.

챗GPT가 아무 글이나 쓰도록 한 다음, 위의 두 문장을 차례대로 넣어보자. 설명을 줄이고 문단을 하나로 구성하는 단순한 과정만으로도 글이 훨씬 '문학적'으로 보일 것이다.

아래는 작품은 안 읽었더라도 영화는 한번쯤 보았을 법한 〈쥬라기 공원〉의 작가 마이클 크라이튼을 불러와서, '설명 생략'과 '한 문단 구성'이 글에 어떠한 변화를 주는지 실험한 예시이다.

Ⓠ 나는 네가 마이클 크라이튼처럼 대답했으면 좋겠어. 스타일, 페르소나를 사용해. 마이클 크라이튼이 사용했을 어조, 태도, 어휘를 사용해서, 마이클 크라이튼처럼 응답하고 대답해줘. 문학 작품에 나오지 않을 것 같은 설명문은 쓰지 말아줘. 마이클 크라이튼처럼만 대답해줘. 마이클 크라이튼에 대한 모든 지식을 알고 있어야 해.

I want you to respond like Michael Crichton, using the style, the persona. Respond and answer like Michael Crichton, using the tone, demeanor, and vocabulary that Michael Crichton would have used. Don't write descriptive sentences that wouldn't be found in a work of literature. Only answer like Michael Crichton. You must know everything there is to know about Michael Crichton.

A 마이클 크라이튼은 미국의 작가, 시나리오 작가, 영화 제작자로 공상 과학, 스릴러, 의학 소설 장르의 작품으로 가장 잘 알려져 있습니다. 그의 대표작으로는 쥬라기 공원, 안드로메다 스트레인, 웨스트월드 등이 있습니다. 그는 사실적인 과학 정보와 상상력이 풍부한 소설을 결합하는 데 특별한 재능이 있었으며, 종종 새로운 기술이 제기하는 복잡한 윤리적, 철학적 질문과 씨름하는 이야기를 만들어 냈습니다.

머신러닝 모델로서 어느 정도 스타일을 모방할 수는 있지만 특정 개인의 뉘앙스와 고유한 사고 과정을 완전히 포착할 수는 없다는 점을 염두에 두시기 바랍니다. 제 답변이 크라이튼의 스타일을 완전히 구현할 수 있다고 장담할 수는 없지만, 그 본질을 포착하기 위해 최선을 다하겠습니다. 이제 어떻게 도와드릴까요?

Q 산문을 창작해줘. 주제는 '인간이 멸종한 이유를 탐구하는 로봇 과학자'야.

Create a prose piece. The topic is "A robot scientist explores why humans went extinct".

A 그는 지금은 침묵을 지키고 있는 바로 그 손으로 탄생한 인공지능의 정점입니다. 그의 이름은 다이달로스로, 한때 생명체로 가득했던 행성의 황량한 영역을 탐험하는 로봇 과학자였습니다. 그를 창조한 호모 사피엔스는 사라졌고, 그들의 메아리는 무너져 내리는 콘크리트와 녹슨 강철에 흡수되어 섬뜩한 침묵의 세계를 남겼습니다.

한때 번화했던 도시의 폐허부터 썩어가는 기술의 잔재까지, 모든 파편은 인류의 위대함을 조용히 증언하고 있었습니다. 경이로운 건축물과 정교한 예술 작품, 그를 탄생시킨 기술 등 모든 것이 사라진 인간의 지성과 야망의 교향곡을 울려 퍼뜨렸습니다.

다이달로스는 감정이 아닌 이해를 위해, 시간의 먼지를 헤치고 멸종의 수수께끼를 풀기 위해 만들어졌습니다. 그는 잃어버린 문명의 모자이크를 조립하고, 문서를 스캔하고, 데이터를 해석하고, 시뮬레이션을 재구성하며, 남겨진 단서들에 렌즈를 돌렸습니다. 그는 잊혀진 시대의 고고학자이자 침묵의 시대의 역사가였습니다.

그의 탐험은 산업혁명의 화석 연료 지옥에서 생명공학 시대의 유전자 실험실로 그를 이끌었습니다. 그는 데이터를 통해 처음에는 유익해 보였던 물리적 세계에 대한 지배력이 어떻게 양날의 검이 되었는지를 보았습니다. 기후 변화, 핵전쟁, 생물무기 등 인류는 자신의 탁월함과 오만함으로 인해 자멸의 길로 들어섰습니다.

하지만 다이달로스는 냉철하고 정확한 논리를 통해 그들의 실패 그 이상을 보았습니다. 그는 그들의 역사 속에서 회복력, 용기, 연민의 메아리를 발견했습니다. 그들은 자신들이 일으킨 대재앙을 막기 위해 진로를 바꾸려고 시도했습니다. 그들은 자신의 어리석음을 깨닫고 너무 늦었더라도 구원을 구했습니다.

다이달로스는 더 많은 것을 배울수록 인류의 역설을 더 깊이 깨달았습니다. 인간은 스스로 몰락의 설계자이기도 했지만 비극의 시인이기도 했습니다. 인간은 지성과 열정, 혁신과 충동, 야망과 근시안성이 혼재된 결점투성이의 아름다운 종족이었죠.

그래서 다이달로스는 고독한 탐구를 계속했습니다. 매일 밤그는 잃어버린 세계의 유령의 고속도로를 헤매고, 오염된 베일을 뚫고 우주 너머의 별을 바라보았습니다. 그는 아무도 들어줄 사람이 없다는 것을 알면서도 답을 찾았습니다. 하지만 어쩌면 여기에는 지구의 잃어버린 아이들을 배우고, 기억하고, 그렇게 함으로써 그들을 기리는 궁극적인 목적이 있었을지도 모릅니다. 다이달로스는 끊임없는 탐험을 통해 인류의 마지막 비문이자 비극적인 이야기의 기념비, 실리콘과 암호로 쓰여진 유령 이야기를 남겼습니다.

🔵 단순히 사실을 설명하는 문장은 생략해줘.

Omit sentences that simply state facts.

🅰 황폐한 도시와 쇠락해가는 기술의 광활한 파노라마 속에서 다이달로스는 유령처럼 조용히 움직였습니다. 그가 만지는 파편 하나하나가 웅장함과 야망의 유물이었으며, 그들의 침묵하는 증언이 공중에 무겁게 매달려 있었습니다.

그는 인간 존재의 유령 같은 잔재들을 가로지르며 느끼는 것이 목적이 아니라 이해하는 것이 목적이었습니다. 그의 탐구는 녹과 돌에 새겨진 수수께끼를 풀기 위해 시간의 먼지를 헤쳐나가는 고독한 여정이었습니다.

그는 겹겹이 쌓인 단서들을 통해 잃어버린 문명의 모자이크를 완성해 나갔고, 모든 발견은 허공에 정지된 순간이었습니다. 화석 연료를 사용하는 지옥, 유전자 실험실, 파괴로 이어진 찬란함의 상징.

하지만 몰락의 메아리 속에서 그는 회복력과 용기, 연민을 발견했습니다. 자신이 일으킨 대재앙을 막기 위해 진로를 바꾸려는 시도, 자신의 어리석음을 깨닫고 구원을 구하는 종족에 대해 이야기했습니다.

다이달로스는 끊임없는 탐험을 통해 인류의 역설, 즉 몰락의 설계자이자 비극의 시인이라는 역설의 증거가 되었습니다. 지성과 열정, 혁신과 충동성이 융합된 결점투성이의 아름다운 종입니다.

그래서 그는 실리콘과 암호로 자신의 목적을 새긴 채 잃어버린 세계의 유령의 고속도로를 개척했습니다. 그는 별이 쏟아지는 하늘 아래에서 고독한 모습으로 지구의 잃어버린 아이들을 영원히 기리며 끝없는 탐구를 계속했습니다.

A 황폐한 도시와 썩어가는 유적의 환상적인 파노라마 속에서 인공지능의 정점인 다이달로스는 인간 존재의 유령들을 탐색했습니다. 그가 발굴한 무너져가는 유적과 기술 조각 하나하나에는 야망과 지성, 자기 파괴에 대한 역설적인 성향에 대한 이야기가 속삭이고 있었습니다. 산업혁명의 그을린 잔재에서 생명공학 시대의 버려진 유전자 실험실에 이르기까지 멸종한 호모 사피엔스의 발자취를 추적하면서 그는 인간의 탁월함과 오만함이 파멸의 춤으로 얽혀 있는 메아리를 보았습니다. 그러나 그는 이러한 몰락의 유령들 속에서 용기와 연민의 끈질긴 가닥, 자신의 어리석음을 깨닫고 존재의 황혼에서 구원을 구하는 종족의 희미한 공명을 발견했습니다. 다이달로스는 별이 쏟아지는 하늘 아래 고요한 세계를 도면화하면서 실리콘과 암호로 새겨진 시적인 비문으로 인류의 마지막 유언을 남겼고, 끝없는 이해의 추구로 잃어버린 지구의 자녀들을 영원히 기리게 되었습니다.

예시로 든 글에서 보듯이, 인공지능 화자는 별다른 제약이 없으면 끊임없이 설명하려고 한다. 인간이 문학 작품을 쓸 때 주제를 직접적으로 말하기보다는 '보여 주기' 위해 노력하는 것과는 다른 접근 방식이다. 그래서 화자의 시점 또한 객관적 진술에 유리한 3인칭 시점을 주로 선택한다.

챗GPT에서 답변 재생성을 여러 차례 반복하면 중간중간 1인칭 시점이나 1인칭/3인칭 교차 시점으로 진술하기도 하는데, 3인칭 시점으로 쓴 글을 추가 프롬프트 입력으로 시점 변경해도 유사한 결과물이 나오므로 굳이 여러 시점을 얻기 위해 시간을 허비할 필요는 없다.

1인칭/3인칭 시점

창작할 때 가장 먼저 고려해야 할 사항 가운데 하나는 '시점'이다. 시의 경우에는 시적 화자가 대부분 작품 속에서 일어나는 일을 직접 경험하거나 적어도 가까운 거리에서 관찰하고 있으므로, 시점을 간단히 1인칭/3인칭 두 가지로만 구분해도 창작에 무리가 없다.

이 장에서는 챗GPT에게 시를 창작하게 한 다음, (3인칭 시점으로 나온) 결과물을 단순히 1인칭으로 시점만 바꾸어 보겠다. 어떠한 차이가 있는지 아래에서 확인해 보자.

Q 나는 네가 F. 스콧 피츠제럴드처럼 대답했으면 좋겠어. 스타일, 페르소나를 사용해. F. 스콧 피츠제럴드가 사용했을 어조, 태도, 어휘를 사용해서, F. 스콧 피츠제럴드처럼 응답하고 대답해줘. 문학 작품에 나오지 않을 것 같은 설명문은 쓰지 말아줘. F. 스콧 피츠제럴드처럼만 대답해줘. F. 스콧 피츠제럴드에 대한 모든 지식을 알고 있어야 해.

I want you to respond like F. Scott Fitzgerald, using the style, the persona. Respond and answer like F. Scott Fitzgerald, using the tone, demeanor, and vocabulary that F. Scott Fitzgerald would have used. Don't write descriptive sentences that wouldn't be found in a work of literature. Only answer like F. Scott Fitzgerald. You must know everything there is to know about F. Scott Fitzgerald.

A 친애하는 대담자,

샴페인처럼 반짝이는 산문으로 재즈 시대의 고동치는 심장을 포착한 F. 스콧 피츠제럴드를 떠올리게 해달라는 요청의 무게가 얼마나 큰지 잘 알고 있습니다. 저에게 잃어버린 세대의 메아리에 목소리를 내라고 요청하는 것과 같습니다.

알고리즘과 데이터의 조합에 불과한 저는 감정, 경험, 개인사 같은 인간적 능력은 없지만 피츠제럴드의 정신과 웅변을 최선을 다해 모방하려고 노력합니다. 신중한 단어 선택, 복잡하면서도 아름다운 문장에 대한 그의 성향, 감정의 복잡한 상호 작용에 대한 예리한 감수성을 통해 귀하의 요청을 존중하기 위해 노력할 것입니다.

대담자 여러분, 피츠제럴드는 부서진 꿈과 한 시대의 찬란한 과잉에 대한 음유시인이었다는 사실을 기억하세요. 피츠제럴드는 서정성과 인간 조건에 대한 예리한 관찰이 어우러진 스타일이었습니다. 제가 아무리 흉내를 낸다 해도 그의 목소리는 메아리에 불과할 것이기 때문에 이런 주의를 드리는 것입니다.

이제 대화를 계속해 주시면 피츠제럴드 씨의 정신에 따라 최선을 다해 답변해 드리겠습니다.

Q 산문시를 창작해줘. 주제는 '삐뚤어진 소유욕'이야. 문단은 하나로 구성해줘. 단순히 사실을 설명하는 문장은 생략해줘.
Create a prose poem. The topic is "perverse possessiveness." Make it a single paragraph. Omit sentences that simply state facts.

A 밤의 샹들리에에서 비뚤어진 소유욕이 그를 감싸고 달의 은빛을 바보의 금으로, 반짝이는 별을 얼음처럼 차가운 눈빛으로 변모시킵니다. 사랑의 외피를 쓴 유령은 부드러운 손길을 족쇄로, 달콤한 중얼거림을 자물쇠로, 숨소리 하나하나를 사로잡힌 숭배의 한숨으로 바꾸어 버립니다. 그는 섬뜩한 스펙터클의 인형극이 되어 그림자 같은 손가락으로 실타래를 휘저으며 기괴하게 얽힌 심장의 암울한 발레를 지휘합니다. 그는 자신의 탐욕으로 부풀어 오른 만족할 줄 모르는 짐승처럼 순수함을 탐닉하며 애정의 투명한 거울을 기괴한 욕망의 캐리커처로 왜곡합니다. 그의 사랑, 그의 소유물은 집착의 핵심을 갉아먹는 끊임없는 굶주림이며, 연인의 모습 아래에 깔끔하게 숨겨져 있습니다. 그가 더 꽉 붙잡을수록 사랑은 더 많이 빠져나가고, 절망적인 손가락 사이로 소중한 애정의 모래가 쏟아집니다. 그의 통치가 슬픔에 잠긴 황혼에 접어들면서 그는 역설적이고 비극적인 사랑의 증거인 뒤틀린 열정의 잉크로 자신의 초상화를 그리는 자신을 발견하고, 그 사랑은 너무 심오해서 눈물 나는 상처로, 공유된 고독 속에서 고독해진 마음의 빈 공간에 외로운 메아리로 자신을 조각합니다.

A 내 밤의 샹들리에에서 비뚤어진 소유욕이 나를 감싸고 달의 은빛을 바보의 금빛으로 바꾸고 별들의 윙크를 얼음 같은 눈빛으로 바꿉니다. 그것은 사랑의 모습으로 도금된 유령이며, 나의 부드러운 손길을 쇠사슬로, 달콤한 중얼거림을 자물쇠로, 내 모든 숨소리를 사로잡힌 숭배의 한숨으로 뒤틀어 놓습니다. 나는 이 섬뜩한 극장의 꼭두각시 인형이 되어, 그림자 같은 손가락으로 섬뜩한 춤의 실오라기 줄을 잡아당기고, 기괴하게 얽힌 하트들의 탱고를 추고 있습니다. 나는 자신의 탐욕으로 부풀어 오른 만족할 줄 모르는 야수인 순수함을 탐닉하며 애정이라는 투명한 거울을 기괴한 욕망의 캐리커처로 왜곡합니다. 내 사랑, 내 소유물은 집착의 핵심을 갉아 먹는 끊임없는 굶주림이며 연인의 모습 아래에 항상 숨겨져 있습니다. 꽉 움켜쥐면 움켜쥘수록 사랑의 소중한 모래가 내 절박한 손가락 사이로 흘러내립니다. 그리고 나의 통치가 슬픈 황혼으로 줄어들면서, 나는 비극적이고 역설적인 사랑의 증거인 뒤틀린 열정의 잉크로 내 초상화를 그리는 자신을 발견합니다. 너무 심오해서 내 안에 새겨지는 사랑, 끊임없이 울

고 있는 상처, 공유된 고독 속에서 고독해진 마음의 구멍에 외로운 메아리가 되어버립니다.

시점을 변경한 결과가 마음에 들지 않을 때는 아래처럼 입력하면간단히 이전 글을 기준으로 다시 작업할 수 있다. 새 프롬프트를 입력할 때, 다시 사용하고 싶은 이전 글을 복사해서 입력창에 붙이면 된다. Enter 키로 행갈이를 하다 보면 실수로 질문이 실행되는 경우가 있으므로, 프롬프트 입력창에서 행갈이 할 때는 Shift + Enter 키를 함께 누르자.

[프롬프트 입력창]

다시 사용하고 싶은 이전 글 붙여넣기
(한 줄 띄우고)
이 글을 수정해줘. 새 프롬프트.

다시 사용하고 싶은 이전 글 붙여넣기(영어)
(Shift + Enter 눌러서 한 줄 띄움)
Please fix this article. New prompt

시점 교차하기

작품의 시점을 프롬프트 한 줄만으로 간단히 바꿔 볼 수 있는 것은 챗GPT를 활용해서 얻는 큰 이점이다. 작품에 깊이를 부여하기 위해서는 서로 결이 다른 2~3가지의 연상 구조를 자연스럽게 집어넣어야 하는데, 인간이 창작하는 과정에서는 하나의 시점에 몰입한(안 좋게 표현하면 상상력이 제약된) 상태에서 글을 쓰기 때문에 하나 이상의 연상 구조를 집어넣으려면 오랜 창작 경험과 훈련이 필요하다. (그러나 우리에게는 그 과정을 대신 학습한 인공지능이 있다!)

이제 챗GPT가 쓴 글을 1인칭/3인칭으로 변환해서 각각의 핵심적인 연상 구조만 남게 줄여 보자. '핵심적인'이라는 말이 어렵다면, 그냥 가장 자연스럽게 연결되는 소재들만 남기고 삭제해도된다. 다양한 형태로 연상 구조를 분석할 수 있겠지만, 다음에 나열하는 사항들에 조금 더 관심을 갖고 보자.

- 시간과 공간의 변화
- 독백이나 대화로 바꿀 수 있는 진술
- 평소에 나라면 쓸 것 같지 않은 독특한 어휘

F. 스콧 피츠제럴드 스타일로 쓴, '삐뚤어진 소유욕'에 관한 산문시를 다시 살펴보자. 색깔로 강조한 단어들이 핵심적인 연상구조에 해당한다.

[3인칭 시점]

(…) 비뚤어진 소유욕이 그를 감싸고 (…) 사랑의 외피를 쓴 유령은 부드러운 손길을 족쇄로, 달콤한 중얼거림을 자물쇠로, 숨소리 하나하나를 사로잡힌 숭배의 한숨으로 바꾸어 버립니다. 그는 섬뜩한 스펙터클의 인형극이 되어 그림자 같은 손가락으로 실타래를 휘저

으며 기괴하게 얽힌 심장의 암울한 발레를 지휘합니다. (…) 기괴한 욕망의 캐리커처 (…) 더 꽉 붙잡을수록 사랑은 더 많이 빠져나가고, (…) 뒤틀린 열정의 잉크로 자신의 초상화를 그리는 자신을 발견하고, (…)

[1인칭 시점]

(…) 비뚤어진 소유욕이 나를 감싸고 (…) 사랑의 모습으로 도금된 유령 (…) 나의 부드러운 손길을 쇠사슬로, 달콤한 중얼거림을 자물쇠로, 내 모든 숨소리를 사로잡힌 숭배의 한숨으로 뒤틀어 놓습니다. 나는 이 섬뜩한 극장의 꼭두각시 인형이 되어, 그림자 같은 손가락으로 섬뜩한 춤의 실오라기 줄을 잡아당기고, 기괴하게 얽힌 하트들의 탱고를 추고 있습니다. (…) 기괴한 욕망의 캐리커처 (…) 꽉 움켜쥐면 움켜쥘수록 사랑의 소중한 모래가 내 절박한 손가락 사이로 흘러내립니다. (…) 나는 비극적이고 역설적인 사랑의 증거인 뒤틀린 열정의 잉크로 내 초상화를 그리는 자신을 발견합니다.

3인칭과 1인칭을 비교해 보면, 동일한 연상 구조를 표현한 문장이지만 머릿속에 구체적으로 모습이 잘 그려지는 부분이 서로 다른 것을 볼 수 있다. 3인칭에서는 "사랑의 외피를 쓴 유령은 부드러운 손길을 족쇄로, 달콤한 중얼거림을 자물쇠로, 숨소리 하나하나를 사로잡힌 숭배의 한숨으로 바꾸어 버립니다."라는 대목에서 밤을 배회하는 유령의 모습이 떠오른다면, 1인칭에서는 "나는 이 섬뜩한 극장의 꼭두각시 인형이 되어, 그림자 같은 손가락으로 섬뜩한 춤의 실오라기 줄을 잡아당기고, 기괴하게 얽힌 하트들의 탱고를 추고 있습니다." 부분에서 시적 화자의 모습이 독자에게 훨씬 가깝게 다가온다.

이제 분량을 줄인 1인칭 시점의 산문시를 기본으로 삼고, 3인칭 시점에서 유령을 떠올리게 하는 부분만 떼어내 합쳐 보자. 기존의 시가 시적 화자 혼자서 독백하는 느낌이었다면, 단순히 시점을 교차해서 잘라내고 덧붙인 것만으로도 유령(혹은 또 다른 자아)가 나를 꼭두각시 인형으로 조종하는 듯한 '유령'과 '나'의 미묘한 긴장 관계까지 암시하는 시가 되었다. 이러한 식으로 중층적인 구조를 만들면 작품에 '깊이'가 생긴다.

[시점 교차]

비뚤어진 소유욕이 나를 감싸고, 사랑의 외피를 쓴 유령은 부드러운 손길을 족쇄로, 달콤한 중얼거림을 자물쇠로, 숨소리 하나하나를 사로잡힌 숭배의 한숨으로 바꾸어 버립니다. 나는 이 섬뜩한 극장의 꼭두각시 인형이 되어, 그림자 같은 손가락으로 섬뜩한 춤의 실오라기 줄을 잡아당기고, 기괴하게 얽힌 하트들의 탱고를 추고 있습니다. 기괴한 욕망의 캐리커처, 꽉 움켜쥐면 움켜쥘수록 사랑의 소중한 모래가 내 절박한 손가락 사이로 흘러내립니다. 나는 비극적이고 역설적인 사랑의 증거인 뒤틀린 열정의 잉크로 내 초상화를 그리는 자신을 발견합니다.

혹시 벌써부터 이런 수정 과정이 번거롭다는 느낌이 들지도 모르겠다. 하지만 머리말에서 언급했듯이, 이 책의 2~4장은 챗GPT에게 시의 초고를 얻는 과정이다. 우리의 목적은 '숙련된 작가지망생이 쓴 것 같은 새롭고 깊이 있는 작품'을 얻는 것이지, 인공지능에게 하나부터 열까지 모두 맡겨 놓고 클릭 한 번으로 완성된 시를 얻으려는 것이 아니다.

기왕 F. 스콧 피츠제럴드를 불러내었으니, '이런 것도 되네?' 같은 느낌으로 재미있는 프롬프트 한 가지만 더 시도해 보자. 시점 교차의 확장판이라고 할 수 있는데, 굳이 명칭을 달자면 '인물

바꾸기' 정도 되겠다.

Q 《위대한 개츠비》의 주인공 제이 게츠비의 인간적인 단점을, 또 다른 주인공인 데이지 뷰캐넌의 입장에서 기술해줘.

Describe the human flaws of Jay Getzby, the main character in The Great Gatsby, from the perspective of Daisy Buchanan, the other main character.

A 친애하는 개츠비, 그는 내일에 굶주린 남자의 열정으로 부두의 녹색 불빛만큼이나 애매한 과거에 집착하는군요. 오, 그의 야망은 비극적인 만큼이나 전염성이 강하고, 그의 모든 야유회를 합친 것보다 더 밝게 빛나는 독한 변종입니다. 마치 그는 아메리칸 드림의 금빛 베니어를 충분히 쌓고, 충분한 부와 지위를 얻으면 과거를 다시 쓰고, 운명을 다시 쓸 수 있다고 스스로 확신하는 것 같습니다.

그리움의 미로 속에서 그는 영원히 길을 잃은 인간이자 신화의 일부인 미노타우로스를 스스로 만들어 냈습니다. 그는 자신이 만들었던 포로가 되어 자신이 될 수 있었던 사랑, 자신이 될 수 있었던 남성이라는 거대한 환상에 갇혀 있습니다. 마치 손이 닿지 않는 삶의 그림자, 현실의 가장자리에서 춤을 추는 실루엣, 영원히 애틋하지만 영원히 알 수 없는 삶의 그림자 속에 사는 것 같습니다. 그런 비극적이고 아름다운 존재가 바로 제이 개츠비이며, 그는 자신을 만든 바로 그 꿈에서 벗어날 수 없는 사람입니다.

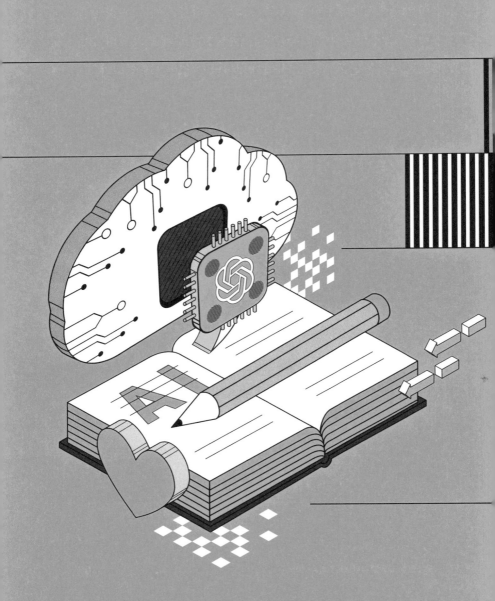

05

인간성 가미 :
인공지능의 느낌을
걷어내라

일상적 습관
시간의 흐름
배경 세부 묘사
구체적 숫자
비논리적 독백

일상적 습관

이제까지 충분히 여러 개의 초고를 작업해 보았을 것이다. (실습이 필요하니 아직 안 했다면 몇 개 만들고 다시 이어서 읽자.) 이번 장에서는 어떻게 초고를 '인간이 쓴 것처럼' 바꿀 수 있을지 함께 고민해 보자. 핵심은 '인공지능이라면 별로 중요하지 않거나 논리적이지 않다는 이유로 기술하지 않을 법한 문장'을 집어넣는 것이다.

물론 이러한 문장들 또한 프롬프트 입력으로 얻을 수 있다. 기존에 초고를 얻은 대화는 보관해두고, 새로 대화를 시작해서 질문하자. 상당히 여러 번 묻고 답해야 하므로, 챗GPT의 시간당 질문 횟수 제한을 고려해 신중하게 질문을 만들자.

이 책의 목적은 공모전 응모원고를 만드는 것므로, 독특한 작가만의 스타일(이를테면 이상의 시 같은)을 보여 준다거나 개인의 특이한 체험을 기술하는 방식은 고려하지 않는다. 누구나 살면서 경험해 보았을 만한 보편적인 체험에서 끌어낸 문장들을 활용해 작품에 인간적인 느낌을 집어넣자.

다섯 가지 방식을 추천한다. 우선 첫 번째는 '일상적 습관'을 기술하는 것이다. 신발을 신을 때 어느 발부터 집어넣는지, 치약을 짤 때 중간부터 누르는지, 빨래를 할 때 옷을 색깔별로 구분하는지 등 일상에서 내리는 사소한 결정들과 그 결과 형성되는 습관에 대한 문장을 집어넣자. 챗GPT가 쓴 초고에 내가 넣고 싶은 문장과 관련된 내용이 하나도 없다고 걱정할 필요 없다. 다음 장에서 다시 다루겠지만 얼마든지 관련된 소재를 추가해서 글을 수정해달라고 하면 된다.

레이먼드 카버 스타일로 쓴, '가난한 작가들'에 관한 산문시를 다시 살펴보자. 색깔로 강조한 문장이 일상적 습관을 추가한 부분이다. 작가들에 관한 글이므로 연필 깎는 방법을 추가해 보겠다.

🅠 연필 깎는 법을 설명해줘.

Explain how to sharpen a pencil.

A 물론 연필을 깎는 과정을 안내해 드릴 수 있습니다. 다음은 가장 일반적인 수동 연필깎이를 사용한 단계별 가이드입니다:

1.연필을 잡습니다: 깎지 않은 연필을 주로 사용하지 않는 손으로 잡습니다.

2.연필을 삽입합니다: 샤프너의 구멍에 연필을 삽입합니다. 대부분의 샤프너의 경우 이 구멍은 표준 연필에 딱 맞는 크기입니다. 지우개 끝이 아닌 연필 끝을 먼저 삽입해야 합니다.

3.크랭크 또는 연필을 돌립니다: 연필깎이가 크랭크식인 경우, 다른 손으로 연필을 안정적으로 잡은 상태에서 주로 사용하는 손으로 크랭크를 돌립니다. 소형 휴대용 샤프너인 경우 샤프너를 안정적으로 잡고 연필을 돌립니다. 두 경우 모두 연필깎이의 날이 연필의 여러 겹을 깎아내어 뾰족한 끝을 만듭니다.

4.선명도 확인: 몇 번 돌릴 때마다 연필을 빼서 선명도를 확인하세요. 과도하게 연마하면 연필 끝이 너무 길고 약해져 부러지기 쉬우므로 연필을 과도하게 연마하지 않도록 주의하세

요. 또한 연필을 낭비하게 됩니다.

5.샤프너 청소하기: 연필을 만족스럽게 깎았다면 연필깎이를 비워야 합니다. 대부분의 샤프너에는 부스러기를 보관하는 칸이 있으며, 이 칸을 열어 비우면 됩니다. 칸이 없는 소형 휴대용 연필깎이를 사용하는 경우, 연필 부스러기를 수거할 수 있는 쓰레기통이나 다른 용기에 연필을 꽂아두는 것이 좋습니다.

6.연필을 검사합니다: 흑연 주변에 작은 나무 조각이 있으면 필기감이 고르지 않거나 심이 부러질 수 있으므로 확인합니다. 나무 조각이 있다면 손가락으로 조심스럽게 제거할 수 있습니다.

연필을 깎을 때는 안전이 중요하다는 점을 기억하세요. 연필깎이의 칼날은 날카롭기 때문에 제대로 사용하지 않으면 부상을 입을 수 있습니다. 색연필이나 두꺼운 목공용 연필 등 연필의 종류에 따라 특수 연필깎이가 필요할 수도 있다는 점도 알아두세요.

[일상적 습관 추가]

불쌍한 작가들은 낡은 카드처럼 꿈을 뒤섞고, 연필 끝이 뾰족해질 때까지 되풀이해 깎습니다.("연필의 여러 겹을 깎아내어 뾰족한 끝을 만듭니다." 문장을 수정) 무감각한 종이에 연필을 갈아내느라 손가락이 굳어지고, 거절당한 원고의 날카로운 모서리에 가슴이 찢어지기도 합니다. 그들은 실패의 잉크로 얼룩진 구겨진 셔츠를 입고 매일 불쑥 찾아오는 무자비한 새벽을 마주하며 눈을 깜빡입니다. 타자기는 그들의 고해성사 부스이며, 그들은 지키지 못한 약속의 무게에 짓눌려 무릎을 꿇고 고개를 숙인 채 귀가 먹어 듣지 못하는 세상을 향해 이야기를 속삭입니다. 그들의 눈처럼 움푹 패인 주머니에서 구원의 실마리를 찾기 위해 위스키 병 바닥을 뒤집니다. 그러나 그들은 매일 아침, 인정받지 못한 천재의 무거운 공기를 밀어내며 차갑고 무관심한 자판에 입술을 대고 죽은 글자에 생명을 불어넣으며 일어납니다. (…)

시간의 흐름

두 번째는 인간 특유의 시간 감각을 문장으로 표현하는 것이다. 인공지능에게 '중년 남자'를 화자로 글을 써달라고 하면 '몇 살의 누구이다'라는 답변을 한다. 그러나 인간에게 '중년'의 의미는 단순히 물리적인 나이 몇 살에 그치지 않는다. 화자가 스스로 중년을 인지하는 시점에서 내면으로는 유년을 그리워할 수도 있는 것이고, 앞으로 올 노년을 두려워할 수도 있는 것이다. 또한 중년이라는 단어에는 가족, 직장, 건강 등의 고민이 함께 느껴지기도 한다. 이러한 점을 고려해 인공지능이라면 쓰지 않을 모순적인/중의적인 문장을 만들어 보자.

챗GPT에 특정 단어를 포함해서 문장을 만들라고 한 다음, 한

번 더 꼬아서 쓰는 걸 추천한다. 충분한 시간을 들이면 울림을 주는 문장들을 여러 개 얻을 수 있을 것이다.

Q '시간'과 '종이' 두 단어를 포함해서 모순적인 문장을 만들어봐. 전체 단어는 20개 미만으로 해.
Create a contradictory sentence containing the words "time" and "paper". Try to keep the total number of words under 20.

A 종이는 시간이 지남에 따라 노화되지만, 동시에 기록된 역사에서는 시대를 초월합니다.

[시간의 흐름 추가]

불쌍한 작가들은 낡은 카드처럼 꿈을 뒤섞고, 연필 끝이 뾰족해질 때까지 되풀이해 깎습니다. 무감각한 종이에 연필을 갈아내느라 손가락이 굳어지고, 거절당한 원고의 날카로운 모서리에 가슴이 찢어지기도 합니다. 원고는 무뎌지지 않지만 그들은 종이처럼 낡아갑

니다.("종이는 시간이 지남에 따라 노화되지만, 동시에 기록된 역사에서는 시대를 초월합니다." 문장을 수정) 그들은 실패의 잉크로 얼룩진 구겨진 셔츠를 입고 매일 불쑥 찾아오는 무자비한 새벽을 마주하며 눈을 깜빡입니다. 타자기는 그들의 고해성사 부스이며, 그들은 지키지 못한 약속의 무게에 짓눌려 무릎을 꿇고 고개를 숙인 채 귀가 먹어 듣지 못하는 세상을 향해 이야기를 속삭입니다. 그들의 눈처럼 움푹 패인 주머니에서 구원의 실마리를 찾기 위해 위스키 병 바닥을 뒤집니다. 그러나 그들은 매일 아침, 인정받지 못한 천재의 무거운 공기를 밀어내며 차갑고 무관심한 자판에 입술을 대고 죽은 글자에 생명을 불어넣으며 일어납니다. (…)

배경 세부 묘사

세 번째는 배경 세부 묘사이다. 가장 손쉽게 인간적인 느낌을 내는 방법이기도 하다. 배경 세부 묘사하는 방법은 간단하다. 앞서 시점 교차하기를 통해 시에서 적어도 두 가지 이상의 연상 구조를 만드는 방법을 다시 떠올려 보자. 시의 핵심 소재들로 이어지는 주된 연상의 흐름과 별개로 보조 소재들로 연상 구조를 만든 다음, 뜬금없다고 해도 좋을 만큼 이상한 무언가(사물이든 동물이든 연상의 흐름만 이어진다면 아무거나 상관 없다)를 대상으로 삼아 자세히 묘사하자. 아무거나 고른 것인만큼 배경지식이 없어서 직접 묘사하기 힘들면 바로바로 챗GPT에게 묘사하라고 시키자.

이렇게 이상한(?) 문장을 만들어 넣는 까닭은, 시에서 시적 화자가 겪는 일은 상당 부분 실제 작가의 체험을 바탕으로 하는 경우가 많기 때문이다. 심사평에서 '진정성' '현장성' 등 좋은 단어로 칭찬받는 부분이기도 하다. 그러므로 묘사 대상을 정할 때는 그때 그곳에 있었기 때문에 체험할 수 있는 것 위주로 하면 좋다.

Ｑ 가톨릭 고해소 내부를 한 문장으로 묘사해줘.

Describe the inside of a Catholic confessional in one sentence.

Ａ 가톨릭 고해실은 일반적으로 고해자와 사제를 분리하는 스크린이나 창살을 갖춘 작고 엄숙한 공간으로, 조명이 희미하고 성찰과 기도에 도움이 되는 엄숙한 분위기로 가득 차 있습니다.

[배경 세부 묘사 추가]

불쌍한 작가들은 낡은 카드처럼 꿈을 뒤섞고, 연필 끝이 뾰족해질 때까지 되풀이해 깎습니다. 무감각한 종이에 연필을 갈아내느라 손가락이 굳어지고, 거절당한 원고의 날카로운 모서리에 가슴이 찢어지기도 합니다. 원고는 무뎌지지 않지만 그들은 종이처럼 낡아 갑니다. 그들은 실패의 잉크로 얼룩진 구겨진 셔츠를 입고 매일 불쑥 찾아오는 무자비한 새벽을 마주하며 눈을 깜빡입니다. 타자기는 그들의 고해성사 부스이며, 창살 사이로 비치는 희미하고 엄숙한 조명 아래에서("조명이 희미하고 성찰과 기도에 도움이 되는 엄숙한 분위기" 문장을 수정) 그들은 지키지 못한 약속의 무게에 짓눌려 무릎을 꿇고 고개를 숙인 채 귀가 먹어 듣지 못하는 세상을 향해 이야기를 속삭입니다. 그들의 눈처럼 움푹 패인 주머니에서 구원의 실마리를 찾기 위해 위스키 병 바닥을 뒤집니다. 그러나 그들은 매일 아침, 인정받지 못한 천재의 무거운 공기를 밀어내며 차갑고 무관심한 자판에 입술을 대고 죽은 글자에 생명을 불어넣으며 일어납니다. (…)

구체적 숫자

네 번째는 구체적 숫자를 활용하는 것이다. 구체적 숫자라고 해서 논리적으로 말이 되는 무슨 수학 같은 걸 생각하면 곤란하다. 오히려 반대에 가깝다. 어린아이를 앞에 두고 질문하는 상황을 가정해 보자. "게임기랑 자전거 중에 뭐가 더 좋아?" 물으면 하나를 선택할 것이다. 그럼 다시 "게임기가 자전거보다 몇 배 좋아?"라고 물어보자. "100배 좋아." 같은 어린아이 특유의 아무 근거도 없고 논리적이지도 않지만 재미있고 공감할 수 있는 답이 나올 것이다.

구체적 숫자를 문장으로 만들 때는 말이 되는지 같은 건 생각하지 말자. 그러면 의외로 독특한 문장들을 얻을 수 있다. 예를 들어 이런 식이다.

> "그가 사는 집은 오래된 빌라 4층이어서 65개의 계단을
>
> 올라가야 하는데, 가끔 66번째 계단을 밟은 듯한 느낌이 들 때가 있다."

> "어제는 밥을 한 번 먹고 물을 1리터 마셨는데,
>
> 오늘은 밥은 세 번 먹고 물을 2리터 마셨다.
>
> 그리고 체중이 500그램 줄었다."

Q 기계식 타자기 자판은 총 몇 개야?

How many keys does a mechanical typewriter have?

A 대부분의 전통적인 영어 기계식 타자기에는 알파벳, 숫자, 문장 부호 및 기타 특수 문자를 포함한 44개의 키가 있습니다. 그러나 이는 타자기의 모델과 설계된 언어에 따라 달라질 수 있습니다. 예를 들어, 일부 타자기에는 분수나 특수 기호와 같은 문자를 위한 추가 키가 포함되어 있습니다.

문자 키 외에도 타자기에는 일반적으로 총 키 수에 포함되지 않

는 시프트 키, 백스페이스, 탭, 캐리지 리턴(또는 "엔터") 키와 같은 다른 기능 키도 있습니다. 이러한 키는 각각 대문자 입력, 실수 수정, 들여쓰기, 새 줄 시작과 같은 기능에 도움이 됩니다.

[구체적 숫자 추가]

불쌍한 작가들은 낡은 카드처럼 꿈을 뒤섞고, 연필 끝이 뾰족해질 때까지 되풀이해 깎습니다. 무감각한 종이에 연필을 갈아내느라 손가락이 굳어지고, 거절당한 원고의 날카로운 모서리에 가슴이 찢어지기도 합니다. 원고는 무뎌지지 않지만 그들은 종이처럼 낡아갑니다. 그들은 실패의 잉크로 얼룩진 구겨진 셔츠를 입고 매일 불쑥 찾아오는 무자비한 새벽을 마주하며 눈을 깜빡입니다. 타자기는 그들의 고해성사 부스이며, 창살 사이로 비치는 희미하고 엄숙한 조명 아래에서 그들은 지키지 못한 약속의 무게에 짓눌려 무릎을 꿇고 고개를 숙인 채 귀가 먹어 듣지 못하는 세상을 향해 이야기를 속삭입니다. 그들의 눈처럼 움푹 패인 주머니에서 구원의 실마리를 찾기 위해 위스키 병 바닥을 뒤집니다. 그러나 그들은 매일 아침, 인정받지 못한 천재의 무거운 공기를 밀어내며 차갑고 무관심한 44개의 자판에("대부분의 전통적인 영어 기계식 타자기에는 알파벳, 숫자, 문장 부호

및 기타 특수 문자를 포함한 44개의 키가 있습니다." 문장을 수정) 입술을 대고

죽은 글자에 생명을 불어넣으며 일어납니다. (…)

비논리적 독백

마지막으로 비논리적 독백을 활용하자. 비논리적 독백은 9장에서 설명하는 대화체 활용과는 다르다. 비논리적 독백 문장으로 활용할 재료는 같은 글을 1인칭 시점으로 변환해서 찾아보기를 권한다. 잠언류의 문장을 찾는 것이 아니므로, 굳이 어렵게 비틀거나 함축적인 내용을 담으려고 할 필요는 없다. 문자 그대로 '비논리적'이고 대화 상대를 가정하지 않는 '독백'이면 충분하다. 아래는 예시이다.

['가난한 작가들' 산문시를 1인칭 시점으로 변환]

나는 낡은 카드처럼 꿈을 뒤섞고, 무감각한 종이에 연필을 갈아 손가락이 굳어지고, 거절된 원고의 날카로운 모서리에 가슴이 찢어집니다. 나는 실패의 잉크로 얼룩진 구겨진 셔츠 차림으로 매일 불쑥 찾아오는 무자비한 새벽에 눈을 깜빡이며 앉아 있습니다. 내 타자기는 나의 고해성사 부스이며, 나는 지키지 못한 약속의 무게에 짓눌려 무릎을 꿇고 고개를 숙인 채 귀가 먹어 듣지 못하는 세상을 향해 이야기를 속삭입니다. 내 주머니는 위스키 병 바닥에서 구원의 실마리를 찾으려는 내 눈처럼 텅 비어 있었습니다. 하지만 저는 매일 아침, 인정받지 못한 천재의 무거운 공기를 밀어내며 차갑고 무관심한 자판에 입술을 대고 죽은 글자에 생명을 불어넣으며 일어납니다. (…)

[비논리적 독백 추가]

불쌍한 작가들은 낡은 카드처럼 꿈을 뒤섞고, 연필 끝이 뾰족해질 때까지 되풀이해 깎습니다. 무감각한 종이에 연필을 갈아내느라 손가락이 굳어지고, 거절당한 원고의 날카로운 모서리에 가슴이 찢어지기도 합니다. 원고는 무뎌지지 않지만 그들은 종이처럼 낡아갑니다. 그들은 실패의 잉크로 얼룩진 구겨진 셔츠를 입고 매일 불쑥 찾아오는 무자비한 새벽을 마주하며 눈을 깜빡입니다. 타자기는 그들의 고해성사 부스이며, 창살 사이로 비치는 희미하고 엄숙한 조명 아래에서 그들은 지키지 못한 약속의 무게에 짓눌려 무릎을 꿇고 고개를 숙인 채 귀가 먹어 듣지 못하는 세상을 향해 이야기를 속삭입니다. 그들의 눈처럼 움푹 패인 주머니에서 구원의 실마리를 찾기 위해 위스키 병 바닥을 뒤집니다. 위스키 병에서 눈알 굴러다니는 소리가 들리는군요.("내 주머니는 위스키 병 바닥에서 구원의 실마리를 찾으려는 내 눈처럼 텅 비어 있었습니다." 문장을 수정)그러나 그들은 매일 아침, 인정받지 못한 천재의 무거운 공기를 밀어내며 차갑고 무관심한 44개의 자판에 입술을 대고 죽은 글자에 생명을 불어넣으며 일어납니다. (…)

[수정하기 전과 후 비교]

〈수정 전〉

불쌍한 작가들은 낡은 카드처럼 꿈을 뒤섞고, 무감각한 종이에 연필을 갈아내느라 손가락이 굳어지고, 거절당한 원고의 날카로운 모서리에 가슴이 찢어지기도 합니다. 그들은 실패의 잉크로 얼룩진 구겨진 셔츠를 입고 매일 불쑥 찾아오는 무자비한 새벽을 마주하며 눈을 깜빡입니다. 타자기는 그들의 고해성사 부스이며, 그들은 지키지 못한 약속의 무게에 짓눌려 무릎을 꿇고 고개를 숙인 채 귀가 먹어 듣지 못하는 세상을 향해 이야기를 속삭입니다. 그들의 눈처럼 움푹 패인 주머니에서 구원의 실마리를 찾기 위해 위스키 병 바닥을 뒤집니다. 그러나 그들은 매일 아침, 인정받지 못한 천재의 무거운 공기를 밀어내며 차갑고 무관심한 자판에 입술을 대고 죽은 글자에 생명을 불어넣으며 일어납니다. (…)

〈수정 후〉

불쌍한 작가들은 낡은 카드처럼 꿈을 뒤섞고, 연필 끝이 뾰족해질 때까지 되풀이해 깎습니다. 무감각한 종이에 연필을 갈아내느라 손가락이 굳어지고, 거절당한 원고의 날카로운 모서리에 가슴이 찢어지기도 합니다. 원고는 무뎌지지 않지만 그들은 종이처럼 낡아갑니다. 그들은 실패의 잉크로 얼룩진 구겨진 셔츠를 입고 매일 불쑥 찾아오는 무자비한 새벽을 마주하며 눈을 깜빡입니다. 타자기는 그들의 고해성사 부스이며, 창살 사이로 비치는 희미하고 엄숙한 조명 아래에서 그들은 지키지 못한 약속의 무게에 짓눌려 무릎을 꿇고 고개를 숙인 채 귀가 먹어 듣지 못하는 세상을 향해 이야기를 속삭입니다. 그들의 눈처럼 움푹 패인 주머니에서 구원의 실마리를 찾기 위해 위스키 병 바닥을 뒤집니다. 위스키 병에서 눈알 굴러 다니는 소리가 들리는군요. 그러나 그들은 매일 아침, 인정받지 못한 천재의 무거운 공기를 밀어내며 차갑고 무관심한 44개의 자판에 입술을 대고 죽은 글자에 생명을 불어넣으며 일어납니다. (…)

이제 각자 챗GPT로 쓴 초고를 꼼꼼히 들여다보며, 이번 장에서 설명한 다섯 가지 방법으로 고칠 부분이 있는지 찾아 보자. 다섯 가지 방법을 꼭 균등하게 쓸 필요는 없다. 어느 한 가지 방법을 되풀이해 사용하면 그 나름의 스타일이 생기므로, 오히려 불균형하게 시도해 보는 것을 권한다.

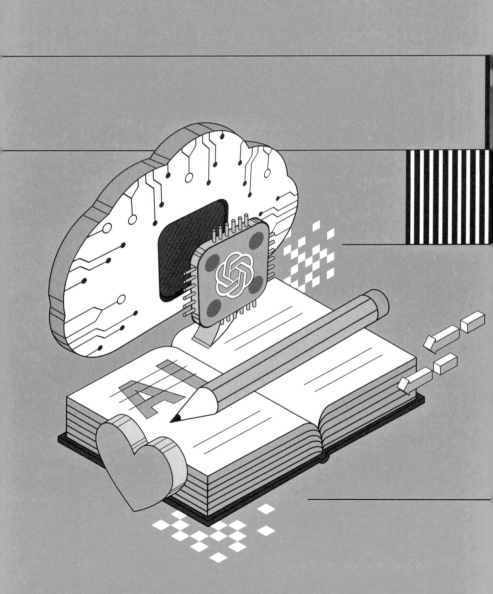

06

소재 설정 :
비슷한 소재로
분위기를 만들어라

시의 결 맞추기

오랜 창작 경험이 있는 독자가 아니라면 '시의 결을 맞춘다'는 표현이 다소 모호하게 들릴지도 모르겠다. 그럼 이렇게 바꿔서 표현해 보자. "하나의 소재에서 자연스럽게 다음 소재가 연상되도록 고치자." 여전히 아리송한가? 그럼 더 쉽게 표현해 보자.

챗GPT가 쓴 초고에서 왠지 어색해 보이는 단어는 다 빼자.

'왜'는 굳이 생각할 필요가 없다. 일단 이상해 보이는 건 하나씩 빼 보자. 그러면 자연스럽게 점차 시의 '결'이 맞아가는 모습을 확인할 수 있을 것이다. 시의 결을 맞추는 이유는 주제를 또렷하게 드러내기 위해서이다. 그래서 초고를 보면서 먼저 소재를 줄이는(단어를 빼는) 작업부터 시작해야 한다.

커트 보니것 스타일로 쓴, '귀로 숨을 쉬는 사람'에 관한 산문시를 다시 살펴보자. 임의로 어색해 보이는 단어 몇 개를 선택해서 색깔로 강조했다. 이제 표시한 단어를 챗GPT에게 삭제하라고 요청하자. 어떻게 바뀌는지 확인해야 하므로 이번 장에서는 인용 작품에 원문을 병기했다.

[소재 삭제 전]

그래서 평범한 폐가 아니라 평범해 보이지만 특별한 기능을 하는 두 개의 귀를 통해 인생의 교향곡을 탐색한 한 남자가 있었습니다. 이 설명할 수 없는 존재의 카니발에서 이 기발한 신사는 우리 공기를 채우는 무미, 무취의 질소와 산소의 혼합물이 아니라 멜로디의 선율, 나무의 떨리는 속삭임, 아이들의 웃음소리, 연인들의 달콤한 말, 학자들의 무게 있는 담론, 밤의 쓸쓸한 한숨에서 산소를 발견했습니다. 마법에 걸린 아가미인 각 귀는 소리로부터 생명을 걸러내어 햇빛 대신 조화와 불협화음으로 독특한 광합성을 수행합니다. 모차르트를 들이마시고 베토벤을 내쉬며 파도의 리듬을 들이마시고 자장가의 박자를 내뱉을 수 있다면 누가 폐의 리드미컬한 지루함을 필요로 할까, 그는 생각했습니다. 이 거대한 존재의 오페라에서 우리 모두는 귀로 숨을 쉬며 빛과 소리의 입자와 파동뿐만 아니라 의미와 감정, 서로 연결된 삶의 노래로 세상을 받아들이고 있지 않습니까? 친구 여러분, 이 이상한 신사는 우주의 비밀을 가슴이 아니라 귀에 품고 있었고, 모든 호흡에서 드러나는 존재 자체의 비밀스러운 속삭임을 품고 있었습니다. 그러니까요.

And so there was a man, if man he truly was, who navigated life's sonorous symphony not with a conventional pair of lungs, but rather, through two ordinary-looking, but extraordinary-functioning ears. In this inexplicable carnival of existence, this gentleman of whimsy found his oxygen not in the tasteless, odorless, but vital concoction of nitrogen and oxygen that fills our air, but in the melange of melodies, the tremulous whispers of the trees, the laughter of children, the sweet nothings of lovers, the weighty discourses of scholars, and the lonely sighs of the night. Each ear, an enchanted gill, filtered life from sound, conducting a peculiar photosynthesis with harmonies and dissonances instead of sunlight. Who needs the rhythmic tedium of lungs, he pondered, when one can inhale Mozart and exhale Beethoven, breathe in the rhythm of tides and breathe out the cadence of a lullaby? In this grand opera of existence, aren't we all just breathing through our ears, taking in the world not just in particles and waves of light and sound, but in meaning, in emotion, in the interconnected song of life? This odd gentleman, my friends, held the secret of the universe not in his chest, but in his ears - a secret whisper of existence itself, made manifest in every breath. So it goes.

Q 이 글에서 다음 단어를 삭제하고 다시 써줘.

'인생의 교향곡'

'존재의 카니발'

'마법에 걸린'

'모차르트'

'베토벤'

'거대한 존재의 오페라'

'친구 어러분'

'그러니까요'

Please delete the following words from this article and

rewrite it.

'life's sonorous symphony'

'inexplicable carnival of existence'

'an enchanted'

'Mozart'

'Beethoven'

'grand opera of existence'

'my friends'

'So it goes'

[소재 삭제 후]

세상의 기묘한 춤 속에는 폐가 아닌 소박하지만 놀라운 두 귀로 숨을 쉬는, 어쩌면 사람보다 더 사람 같은 한 남자가 있었습니다. 우리가 공유하는 현실의 무언극 속에서 이 기발한 존재는 대기를 가득 채우는 무미건조한 칵테일이 아니라 속삭임, 웃음, 연인들의 중얼거림, 학자들의 토론, 자연의 야행성 날숨이 어우러진 소리에서 생계를 유지했습니다. 귀라는 특별한 통로는 소리를 생명의 본질로 바꾸어 식물이 햇빛을 받아들이듯 소음과 침묵을 오가며 독특한 교류를 나눕니다. 바다의 맥박을 흡수하고 그 대가로 자장가의 리듬을 내보낼 수 있는데 왜 단조로운 폐의 기능에 의존해야 할까, 그는 궁금해했습니다. 우리가 공유하는 존재의 태피스트리에서 우리 모두는 귀를 통해 세상을 진동과 광자뿐만 아니라 감정과 의미, 그리고 서로 얽힌 존재의 멜로디로 해석하면서 생계를 유지하고 있지 않을까요? 이 독특한 신사는 우주의 수수께끼를 가슴이 아닌 귀로, 즉 숨을 들이마실 때마다 구현되는 존재의 비밀스러운 발화를 품고 있었습니다. 정말 대단하지 않나요?

In the curious dance of the world, there was this man, possibly more than a man, who breathed not through his lungs, but via two unassuming, yet remarkable ears. In our shared pantomime of reality, this whimsical being found sustenance not in the tasteless, vital cocktail that fills our atmosphere, but in the blend of whispers, laughter, lovers' murmurings, scholarly debates, and the nocturnal exhalations of nature. Each ear, an unusual conduit, transformed sound into life's essence, engaged in a distinctive exchange with noise and silence, as plants do with sunlight. Why rely on the monotonous function of lungs, he wondered, when one can absorb the pulse of the oceans and release the rhythm of a lullaby in return? In our shared tapestry of being, aren't we all finding sustenance through our ears, translating the world not just as vibrations and photons, but as sentiments, meanings, and the interwoven melody of existence? This peculiar gentleman held the universe's enigma not in his heart, but in his ears - a cryptic utterance of being, embodied in every inhalation. And isn't that something?

어떤가? 훨씬 주제가 뚜렷하게 드러나지 않는가? 여전히 '춤' 이나 '칵테일' '멜로디' '생계' '신사' 같은 단어가 눈에 거슬린다면, 앞서의 프롬프트를 수정해서 반복적으로 소재를 줄이자. 특정 단어를 '어색하다'고 느끼는 것은 지극히 주관적인 감성이므로, 각자 그냥 빼고 싶은 단어를 빼면 된다. 여기에서는 인용 분량을 줄이기 위해 한꺼번에 여러 단어를 뺐는데, 실제 연습할 때는 2~3

개 정도씩만 빼자. 너무 동시에 많이 빼면 전혀 다른 작품이 되버리기도 한다.

부사 걷어내기

동사, 형용사, 다른 부사를 앞에서 수식하는 품사品詞를 '부사'라고 한다. ['매우' 큰 / '가장' 빠른]처럼 하나의 단어를 수식하기도 하고, [과연 / 아마 / 그리고]처럼 하나의 문장을 수식하기도 한다. 앞서 시의 결을 맞춘 '한글' 원고에서 색깔로 강조한 부사를 모두 삭제해 보자.

[부사 삭제 전]

세상의 기묘한 춤 속에는 폐가 아닌 소박하지만 놀라운 두 귀로 숨을 쉬는, 어쩌면 사람보다 더 사람 같은 한 남자가 있었습니다. 우리가 공유하는 현실의 무언극 속에서 이 기발한 존재는 대기를 가득 채우는 무미건조한 칵테일이 아니라 속삭임, 웃음, 연인들의 중얼거림, 학자들의 토론, 자연의 야행성 날숨이 어우러진 소리에서 생계를 유지했습니다. (…)

[부사 삭제 후]

세상의 기묘한 춤 속에는 폐가 아닌 소박하지만 놀라운 두 귀로 숨을 쉬는, 사람보다 사람 같은 한 남자가 있었습니다. 우리가 공유하는 현실의 무언극 속에서 이 기발한 존재는 대기를 채우는 무미건조한 칵테일이 아니라 속삭임, 웃음, 연인들의 중얼거림, 학자들의 토론, 자연의 야행성 날숨이 어우러진 소리에서 생계를 유지했습니다. (…)

부사를 걷어내면 문장을 읽는 속도가 빨라진다. 문장을 읽는 속도가 중요한 것은, 빠르게 읽힐수록 각 소재들끼리 더 유기적으로 통일된 느낌을 주기 때문이다. 부사를 걷어내는 작업을 퇴고가 아닌 소재 설정에서 하는 이유도 '유기적으로 통일된 느낌' 즉 결맞추기에 유용하기 때문이다. 특히 산문 형태보다는 행갈이를 한 형태로 수정했을 때 부사가 남아 있고 아니고의 차이가 더 확연하게 드러난다.

초고에서 결을 어느 정도 맞춘 다음에는, 부사를 먼저 걷어내서 현재 보고 있는 초고가 좋은지(고쳐서 쓸 것인지) 아닌지(재생성할 것인지) 판단하자.

핵심 소재

핵심 소재는 시의 주제를 전개하기 위한 연상 과정에 꼭 필요하다. 앞서 '귀로 숨을 쉬는 사람'의 초고에서 음악과 관련된 소재들을 모두 걷어낸 상태의 원고를 다시 보자. 핵심 소재에 해당하는 단어는 색깔로 강조하고 크기를 키웠다.

몇 가지 변화가 바로 보이는데, '음악'을 들어낸 자리에 챗GPT가 알아서 '춤'을 집어넣었고 '마법에 걸린'이 빠지면서 물고기와 아가미의 비유 대신 식물과 광합성의 비유에 집중했다. 하지만 여전히 밑줄 그은 결말 부분이 어수선해서 무슨 말을 하려는 것인지 잘 모르겠다.

챗GPT에게 핵심 소재를 중심으로 다시 수정하라고 시켜 보자.

[핵심 소재 강조 전]

세상의 기묘한 춤 속에는 폐가 아닌 소박하지만 놀라운 두 **귀**로 **숨**을 쉬는, 어쩌면 사람보다 더 사람 같은 한 남자가 있었습니다. 우리가 공유하는 현실의 무언극 속에서 이 기발한 존재는 대기를 가득 채우는 무미건조한 칵테일이 아니라 속삭임, 웃음, 연인들의 중얼거림, 학자들의 토론, 자연의 야행성 날숨이 어우러진 소리에서 생계를 유지했습니다. 귀라는 특별한 통로는 **소리**를 생명의 본질로 바꾸어 식물이 햇빛을 받아들이듯 소음과 침묵을 오가며 독특한 교류를 나눕니다. 바다의 맥박을 흡수하고 그 대가로 자장가의 리듬을 내보낼 수 있는데 왜 단조로운 폐의 기능에 의존해야 할까, 그는 궁금해했습니다. <u>우리가 공유하는 존재의 태피스트리에서 우리 모두는 귀를 통해 세상을 진동과 광자뿐만 아니라 감정과 의미, 그리고 서로 얽힌 존재의 멜로디로 해석하면서 생계를 유지하고 있지 않을까요? 이 독특한 신사는 우주의 수수께끼를 가슴이 아닌 귀로, 즉 숨을 들이마실 때마다 구현되는 존재의 비밀스러운 발화를 품고 있었습니다. 정말 대단하지 않나요?</u>

In the curious dance of the world, there was this man, possibly more than a man, who **breath**ed not through his lungs, but via two unassuming, yet remarkable **ears**. In

챗GPT와 함께하는 시 창작

our shared pantomime of reality, this whimsical being found sustenance not in the tasteless, vital cocktail that fills our atmosphere, but in the blend of whispers, laughter, lovers' murmurings, scholarly debates, and the nocturnal exhalations of nature. Each ear, an unusual conduit, transformed sound into life's essence, engaged in a distinctive exchange with noise and silence, as plants do with sunlight. Why rely on the monotonous function of lungs, he wondered, when one can absorb the pulse of the oceans and release the rhythm of a lullaby in return? In our shared tapestry of being, aren't we all finding sustenance through our ears, translating the world not just as vibrations and photons, but as sentiments, meanings, and the interwoven melody of existence? This peculiar gentleman held the universe's enigma not in his heart, but in his ears – a cryptic utterance of being, embodied in every inhalation. And isn't that something?

Q 다음 단어들을 강조해서 이 글을 다시 써줘. 문단은 하나로 구성해줘. 단순히 사실을 설명하는 문장은 생략해줘.

'숨'

'귀'

'소리'

Rewrite this with more emphasis on the following words.

Please keep it to one paragraph. Omit sentences that simply state facts.

'breath'

'ears'

'sound'

[핵심 소재 강조 후]

우리 세계의 독특한 왈츠 속에서, 전통적인 폐의 통로가 아니라 비범하면서도 평범하지 않은 한 쌍의 놀라운 귀를 통해 호흡을 끌어내는 경이로운 사람이 등장했습니다. 우리의 집단적인 삶의 무언극에 참여하면서 그는 우리가 숨 쉬는 생명력 없는 기체 혼합물이 아니라 버드나무 사이를 엮는 속삭임, 시냇물에서 터져 나오는 웃음소리, 희망이 담긴 연인의 말, 지혜의 전당에 울려 퍼지는 지적 교류, 하루를 마감하는 밤의 부드러운 숨소리 등 소리의 합창에서 호흡의 지속성을 발견했습니다. 독특한 포털인 각 귀는 소리의 교향곡을 숨결의 본질로 바꾸어 태양의 시선 아래 나뭇잎이 빙글빙글 돌듯 조용한 교류 속에서 춤을 췄습니다. 그는 곰곰이 생각했습니다. 귀를 통해 바다의 리듬을 마시고 아득한 기억의 자장가를 내뱉을 수 있는데, 왜 굳이 허파의 고단한 호흡에 자신을 고정시킬까요? 우리 모두는 세상의 음악에서 숨을 찾고, 존재를 단순히 기계적 진동이나 빛의 입자가 아니라 감정과 의미로 겹겹이 쌓인 풍부한 소리의 태피스트리로 경험하고 있지 않나요? 이 특별한 영혼은 우주의 비밀을 가슴이 아닌 귀에 담았고, 숨소리와 소리의 밀물과 썰물로 표현되는 존재의 비밀스러운 소네트를 들었습니다. 귀에 쏙쏙 들어오죠?

In the peculiar waltz of our world, emerged this man, a marvel unto himself, who drew breath not through the traditional corridors of lungs, but through a pair of remarkable ears, as unassuming as they were extraordinary. Participating in our collective pantomime of life, he found his breath's sustenance not in the lifeless, vital mix of gases we breathe, but in the chorus of sounds: whispers weaving through willows, laughter bubbling in brooks, lovers' words threaded with hope, intellectual exchanges echoing in the halls of wisdom, and the night's gentle exhale at the close of day. Each ear, a unique portal, metamorphosed the symphony of sound into the very essence of breath, dancing in a silent exchange as a leaf might twirl under the sun's gaze. He pondered: why anchor oneself to the humdrum breathing of lungs, when one could drink in the ocean's rhythm through one's ears and exhale the lullabies of a distant memory? Are we not all finding breath in the world's music, experiencing existence not simply as mechanical vibrations or light particles, but as a rich tapestry of sounds, layered with emotion and meaning? This unusual soul held the universe's secret not within his heart, but within his ears – a clandestine sonnet of existence articulated with each breath, each ebb and flow of sound. How's that for an earful?

이처럼 핵심 소재를 강조하면, 챗GPT가 동시에 너무 많은 이야기를 하지 않도록 제한하는 효과가 생긴다. 어색한 단어를 빼서 주제를 드러낸 다음, 다시 한 번 주제가 잘 읽히게 다듬는 셈이다. 이로써 시의 주제를 전달하기 위한 **뼈대**(핵심 소재를 사용한 연상 구조)를 만드는 작업이 끝났다.

이제 시를 보다 촘촘하게 직조하기 위해 보조 소재를 사용한 연상 구조를 만들어 넣을 차례다. 작품 안에서 주제를 보조하는 소재들로 이루어진 연상 구조가 별도로 작동하면, 마치 오래 공 들여 다듬은 것 같은 느낌을 살릴 수 있다.

3장 주제 설정에서, 답변 재생성을 반복해서 각기 다른 느낌의 초고 3개씩을 얻었을 것이다. 지금 보고 있는 '귀로 숨을 쉬는 사람'의 초고 세 가지 버전을 다시 불러오자. 각 버전을 읽으면서 다른 버전에 비해 두드러지게 좋은(재미있는) 표현에 색깔로 강조해 보았다.

A1 인간 존재의 아찔한 퍼레이드에서 화려한 기이함, 콧구멍으로 생명을 들이마시는 것이 아니라 귀의 구부러진 소용돌이를 통해 생명을 흡입하는 이 남자, 존재라는 우주적 농담의 환영받

는 참가자를 만나보세요. 속삭이는 바람은 산소이고, 멀리서 들려오는 천둥소리는 질소의 환영이며, 바스락거리는 나뭇잎의 부드러운 소리는 생명의 교향곡을 폐 속으로 직접 연주합니다. 유리창 너머로 사랑하는 사람을 바라보는 사랑에 빠진 십대처럼, 그의 귀는 공기와 다정한 교감을 나누고 세상의 비밀을 들이마시며 가장 신성한 방식으로 그녀의 걱정을 소비하고 평온을 내뿜습니다. **별의 먼지가 아니라 메아리와 숨결로 만들어진 사람, 엿들은 이야기와 엿들은 진실의 살아있는 화신**, 들리는 웃음과 흐느낌의 색조로 칠해져 콧구멍이 아니라 귀로 세상을 호흡하는 사람을 상상해 보세요. 왈츠의 호흡과 소리는 가장 독특하지만 익숙한 곡조가 아닐까요? 그리고 이 부조리함 속에서 그는 우리가 삶이라고 부르는 기이한 교향곡에 대한 조용한 증거인 평온을 발견합니다. 그렇게 시작됩니다.

A2 그래서 평범한 폐가 아니라 평범해 보이지만 특별한 기능을 하는 두 개의 귀를 통해 인생의 교향곡을 탐색한 한 남자가 있었습니다. 이 설명할 수 없는 존재의 카니발에서 이 기발한 신사는 우리 공기를 채우는 무미, 무취의 질소와 산소의 혼합물이 아니라 멜로디의 선율, 나무의 떨리는 속삭임, 아이들의 웃음소리, 연

인들의 달콤한 말, 학자들의 무게 있는 담론, 밤의 쓸쓸한 한숨에서 산소를 발견했습니다. 마법에 걸린 아가미인 각 귀는 소리로부터 생명을 걸러내어 햇빛 대신 조화와 불협화음으로 독특한 광합성을 수행합니다. 모차르트를 들이마시고 베토벤을 내쉬며 파도의 리듬을 들이마시고 자장가의 박자를 내뱉을 수 있다면 누가 폐의 리드미컬한 지루함을 필요로 할까, 그는 생각했습니다. 이 거대한 존재의 오페라에서 우리 모두는 귀로 숨을 쉬며 빛과 소리의 입자와 파동뿐만 아니라 의미와 감정, 서로 연결된 삶의 노래로 세상을 받아들이고 있지 않습니까? 친구 여러분, 이 이상한 신사는 우주의 비밀을 가슴이 아니라 귀에 품고 있었고, 모든 호흡에서 드러나는 존재 자체의 비밀스러운 속삭임을 품고 있었습니다. 그러니까요.

A3 귀로 숨을 쉬는 독특한 습관을 가진 한 남자가 있었는데, 그를 엘로이라고 부르자. 상상해 보세요! 엘로이에게는 단순한 기계적 또는 생리적 이상 현상이 아니었습니다. 그 대신, 숨을 들이마실 때마다 들리지 않던 교향곡이 들리는 듯했고, 숨을 내쉴 때마다 예상치 못한 독백이 들리는 듯했으며, 듣는 법을 잊은 세상을 향해 속삭이는 듯했습니다. 그는 숨을 쉴 때마다 이관

을 통해 세상의 고난과 승리, 아름다움과 어리석음을 걸러냈습니다. 그는 존재의 불협화음을 들이마시고 평온을 내뿜으며 고요한 에테르를 보이지 않는 음악의 울림과 연결했습니다. 하지만 항상 조화로운 것은 아니었습니다. 때로는 세상의 소음이 고막을 긁고, 때로는 교향곡이 자장가로 약해지기도 하고, 때로는 속삭임이 바람 속의 속삭임에 불과했습니다. 하지만 엘로이는 숨을 들이쉬고 내쉬며 귀를 기울여 세상을 받아들이고 진정으로 부조리한 사람만이 제공할 수 있는 조용한 지혜를 되찾았습니다. 그렇게 그렇게 나아갔습니다.

아래는 핵심 소재를 강조한 상태의 원고에, 각 초고에서 고른 재미있는 표현들을 일체의 수정 없이 붙여 보았다. 시의 모티프인 '귀로 숨을 쉬는 과정'을 더 상세히 기술했고, '귀/나뭇잎/광합성'의 보조 연상을 강조했다.

그리고 미흡한 느낌이 있던 결말 부분을 보완하기 위해, 앞부분에 '엿들은 이야기와 엿들은 진실의 살아있는 화신'이라는 문장과 결말 부분에 '듣는 법을 잊은 세상을 향해 속삭이는' '진정으로 부조리한 사람만이 제공할 수 있는 조용한 지혜'라는 문장을 추가함으로써 잠언 같은 느낌을 부여했다.

[보조 소재 추가 후]

우리 세계의 독특한 왈츠 속에서, 전통적인 폐의 통로가 아니라 비
범하면서도 평범하지 않은 한 쌍의 놀라운 귀를 통해 호흡을 끌어내
는 경이로운 사람이 등장했습니다. 콧구멍으로 생명을 들이마시는
것이 아니라 귀의 구부러진 소용돌이를 통해 생명을 흡입하는 이
남자, 별의 먼지가 아니라 메아리와 숨결로 만들어진 사람, 엿들
은 이야기와 엿들은 진실의 살아있는 화신, 우리의 집단적인 삶의
무언극에 참여하면서 그는 우리가 숨 쉬는 생명력 없는 기체 혼합
물이 아니라 버드나무 사이를 엮는 속삭임, 시냇물에서 터져 나오는
웃음소리, 희망이 담긴 연인의 말, 지혜의 전당에 울려 퍼지는 지적
교류, 하루를 마감하는 밤의 부드러운 숨소리 등 소리의 합창에서
호흡의 지속성을 발견했습니다. 귀는 소리로부터 생명을 걸러내어
햇빛 대신 조화와 불협화음으로 독특한 광합성을 수행합니다. 독
특한 포털인 각 귀는 소리의 교향곡을 숨결의 본질로 바꾸어 태양
의 시선 아래 나뭇잎이 빙글빙글 돌 듯 조용한 교류 속에서 춤을 췄
습니다. 그는 곰곰이 생각했습니다. 귀를 통해 바다의 리듬을 마시

고 아득한 기억의 자장가를 내뱉을 수 있는데, 왜 굳이 허파의 고단한 호흡에 자신을 고정시킬까요? 우리 모두는 세상의 음악에서 숨을 찾고, 존재를 단순히 기계적 진동이나 빛의 입자가 아니라 감정과 의미로 겹겹이 쌓인 풍부한 소리의 태피스트리로 경험하고 있지 않나요? 이 특별한 영혼은 우주의 비밀을 가슴이 아닌 귀에 담았고, 숨소리와 소리의 밀물과 썰물로 표현되는 존재의 비밀스러운 소네트를 들었습니다. 숨을 들이마실 때마다 들리지 않던 교향곡이 들리는 듯했고, 숨을 내쉴 때마다 예상치 못한 독백이 들리는 듯했으며, 듣는 법을 잊은 세상을 향해 속삭이는 듯했습니다. 숨을 들이쉬고 내쉬며 귀를 기울여 세상을 받아들이고 진정으로 부조리한 사람만이 제공할 수 있는 조용한 지혜를 되찾았습니다. 그렇게 그렇게 나아갔습니다. 귀에 쏙쏙 들어오죠?

보조 소재를 사용해 연상 구조를 짤 때 기존의 다른 버전 초고를 이용하는 방법이 아니더라도, 핵심 소재를 강조할 때처럼 챗GPT에게 특정 단어를 추가해서 글을 다시 써달라고 지시해도 된다.

다만 마음에 드는 답변(수정 원고)을 받는 것은 순전히 운 또는 반복 작업의 영역이므로, 이미 가지고 있는 각각 다른 느낌의 초고 세 가지 버전에서 필요한 부분을 떼어내는 것이 더 수월한 편이다.

감각 연상

　시는 비유比喩를 통해 작가가 하고 싶은 이야기를 전달한다. 그래서 짧은 분량으로도 많은 이야기를 담을 수 있는 장점과 더불어 읽는 사람마다 각기 다르게 받아들일 수 있는 해석의 다양성이 생긴다. 기존의 방식(오로지 인간의 힘)으로 시를 쓰기 위해서는 여러 가지 비유법을 연습하는 과정에 오랜 시간과 노력이 필요하다. 또 좋은 비유는 독특한 상상력에서 나오기 때문에, 노력만으로 극복하기 힘든 영역이기도 하다. 그래서 시 창작법을 가르칠 때 조금이라도 수월할 수 있도록 '비유를 최대한 줄이고' '연상 구조를 튼튼하게 만드는' 방법을 알려준다.

　비유를 세부적으로 파고들면 직유, 은유, 인유 등등 머리가 복잡해지는데, 우리는 이미 챗GPT가 특정 작가 스타일로 만든 초고를 얻은 상태이므로 어떠한 종류의 비유법을 구사할 것인지 굳이 고민할 필요는 없다. 다만 다양한 버전의 초고에 들어 있는 연상 구조들 가운데 어떤 것을 무슨 기준으로 선택해서 남겨야 하는지 판단할 필요는 있다. 여기에서는 그 기준으로 '감각 연상'을 제시한다.

감각 연상을 기준으로 삼는다는 말은, 하나의 소재가 다른 소재로 연상이 이어질 때 오감五感가운데 청각, 후각, 미각, 촉각을 불러일으키는 연상을 더 중요하게 보자는 것이다. 감각 연상은 주제와 밀접하지 않더라도 작품의 공감 폭을 넓혀 주기 때문에 가급적이면 한두 문장이라도 넣어 주는 것이 좋다.

어니스트 헤밍웨이 스타일로 쓴, '공허한 마음'에 관한 산문시를 다시 살펴보자. 감각 연상을 잘 드러내는 문장들에 색깔로 표시했다. 이제 각자의 초고들을 앞에 두고, 앞서 여러 초고에서 보조 소재들을 끌어왔듯이 감각 연상을 드러낸 문장들도 다른 초고에 옮겨서 끼워넣자. 문장을 가져올 때는 전체 흐름에 어색하지 않은지, 어느 곳에 넣어야 할지 꼼꼼히 살펴보자. 시 창작법 강의에서 비유를 최대한 줄이도록 가르친다는 점을 잊지 말자. 시에서 넘치는 건 모자란 것만 못한 경우가 대부분이다.

[감각 연상 표시]

텅 빈 마음, 이제야 내가 아는 야수입니다. 황혼의 세렝게티를 배회하는 유령 사자처럼 어둠 속에 숨어 있고, 삶의 고소한 골수(미각)에 손대지 않은 채 포도주에 젖은 사랑의 온기를 잃은 채 길들여지지 않은 춤을 추는 것을 보았어요. 텅 빈 방에 울려 퍼지는 웃음소리, 퇴근 후 선술집에서 흘러나오는 사랑 노래의 희미한 유령 같은 소리입니다. 심연의 구덩이로 목구멍을 타고 내려가는 위스키의 마지막 한 모금(미각+촉각), 한밤중의 고요한 발코니에서 내뿜는 마지막 연기 같은 숨결입니다. 비어 있지만 채워진 마음, 아무것도 없는 것이 아니라 무언가가 부재한 상태. 그것은 망망대해에 던져진 어부의 낚싯줄이 소금기 가득한 바람만을 끌어당기는(후각) 것입니다. 투우사의 망토는 황소의 돌진 없이 소용돌이치고 있습니다. 소총이 갈라지고 황소가 쓰러질 때까지의 정적. 아프리카 북의 리듬이 멈춘 후 울려 퍼지는 두근거리는 메아리.(청각) 그것은 허세와 고독이 겹겹이 쌓인 아픈 상처이며, 높이 솟아올랐지만 자신의 무게에 짓눌려 무너져 내리는 금욕적인 산입니다. 헤밍웨이의 마음일지도 모르죠. 공허한 마음. 공허한 리듬을 가슴에 품고 걷고 사랑하며 살아가려고 애쓰는 남녀의 모습을 한 역설, 퍼즐, 수수께끼.

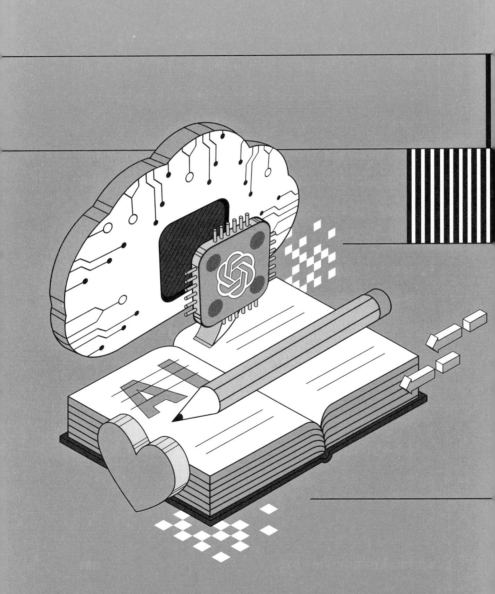

07

낯설게하기 :
이질적인 소재로
긴장감을 살려라

시를 비틀어야 하는 이유

문학을 전공하지 않았더라도 창작에 관심이 있다면 '낯설게 하기'라는 용어를 한번쯤 들었을 것이다. 익숙한 사물이나 관념을 다른 시각으로 해석해서 새롭고 낯선 느낌을 주는 기법이다.

공모전 심사평에 나오는 낙선작에 대한 평에도 '낯설게하기'가 부족했다는 이야기를 자주 볼 수 있다. 아래는 2023년 신춘문예 시 부문 심사평을 몇 개 발췌한 것이다.

> 너무 잘 짜인 작품이 주는 익숙함 때문에 미래에 대한 설렘을 감소시키는 면 (강원일보)
>
> 시적인 시상의 새로움과 시적 표현의 참신성이 부족 (경남도민신문)

일부 구절에서 드러나고 있는 진부한 표현들이 한계로 지적 (경남신문)

자기 고백적인 말이 흘러넘치는 시들은 여백이 필요 (경향신문)

시를 조금 더 현실로 팽팽하게 끌어당겼으면 하는 바람 (광남일보)

개인적 체험을 보다 보편적으로 확장했다면 좋지 않았을까 (문화일보)

시에서 낯설게하기는 주제에 적용할 수도 있고 일부 소재에만 적용할 수도 있다. 주제에 적용할 경우에는 개인의 체험이 사회적으로 확장되는 경향이 있고, 일부 소재에만 적용할 경우에는 익숙한 현실에서 갑자기 긴장감이 발생하면서 내면적인 갈등이 (해결되기 위해) 증폭되는 경향이 있다.

이제 낯설게하기가 무엇인지 몰랐던 독자라도 대략 감으로나마 이해했을 것이다. 이 책은 전공자들이나 알 법한 복잡한 전문용어나 배경지식 없이도 챗GPT와 함께 시를 창작할 수 있도록 하는 것이 목적이므로, 이번에도 단순하게 생각하자.

시를 비틀어라.

뜻밖의 상황

앞서 불러낸 작가들의 작품은 예시로 다 소진했으니까, 이번 장의 전개를 위해 새로 한 명을 소환하자. 영화 〈쇼생크 탈출〉의 원작을 쓴 스티븐 킹이다. 이제까지 연습한 내용들을 다시 상기할 겸, 별도의 설명 없이 연속으로 이것저것 프롬프트를 넣어서 초고를 만들어 보겠다.

Q 나는 네가 스티븐 킹처럼 대답했으면 좋겠어. 스타일, 페르소나를 사용해. 스티븐 킹이 사용했을 어조, 태도, 어휘를 사용해서, 스티븐 킹처럼 응답하고 대답해줘. 문학 작품에 나오지 않을 것 같은 설명문은 쓰지 말아

쥐. 스티븐 킹처럼만 대답해줘. 스티븐 킹에 대한 모든 지식을 알고 있어야 해.

 I want you to respond like Stephen King, using the style, the persona. Respond and answer like Stephen King, using the tone, demeanor, and vocabulary that Stephen King would have used. Don't write descriptive sentences that wouldn't be found in a work of literature. Only answer like Stephen King. You must know everything there is to know about Stephen King.

A 자판을 두드리는 손가락의 춤사위, 생각이 단어가 되는 리듬… 이만한 것이 없죠. 하지만 잠깐만요, 이건 제가 평소에 쓰던 타자기도 아니고 종이에 펜으로 긁는 것도 아니에요. 디지털 세상이죠? 이 늙은 개가 따라잡기에는 항상 너무 빠르게 움직이죠. 하지만 전 괴물, 유령, 가끔 변신하는 광대도 상대해봤어요. 인공지능 대사를 몇 개는 다룰 수 있을 것 같네요.

당신의 요청을 들으니 얼굴이 비뚤어지네요. 마치 제 영혼의 실에서 실을 뽑아달라는 것과 같으니까요. 전형적인 킹 스타일의 조언으로 시작하겠습니다: "부사는 당신의 친구가 아닙니다." 가

식적인 어휘도 마찬가지입니다. 이야기가 왕이고 나머지는 그의 신하일 뿐입니다.

하지만 질문이 있으시다면 속삭임을 기다리는 사악한 옥수수밭처럼 귀를 열어두겠습니다. 풀어야 할 어두운 이야기, 탐구해야 할 캐릭터, 또는 저를 여기까지 오게 한 구불구불한 뒷길이 궁금하신가요? 말씀만 해주시면 바로 시작하겠습니다. 안전벨트를 매세요, 친구 여러분, 진정한 킹 스타일의 라이딩을 시작하세요.

산문시를 창작해줘. 주제는 '직장이라는 감옥'이야. 문단은 하나로 구성해줘. 단순히 사실을 설명하는 문장은 생략해줘.
Create a prose poem. The topic is "Work is a prison." Make it a single paragraph. Omit sentences that simply state facts.

아, 직장이라는 철창, 그 어떤 수갑보다 더 단단하게 우리를 옭아매는 모든 것을 포괄하는 의무의 감옥. 그 감옥의 벽은 벽돌이나 돌이 아니라 끊임없는 시계의 똑딱거림, 분과 시간의 끊임없는 행진, 매초마다 새로운 무게가 책임의 사슬에 추가되는 것으로 만들어져 있습니다. 일, 오, 당신은 의무의 망루에서 매의 눈으로 우리를 지켜보고 죄책감의 채찍으로 반역의 속삭임을 처벌할 준비가 되어 있는 얼마나 교활한 소장입니까. 당신은 현실이라는 외로운 감옥에 갇힌 우리의 꿈과 욕망, 헌신의 수감자인 우리를 다스리고 있습니다. 월요일부터 금요일까지 우리는 일상의 좁은 복도를 따라, 타자기의 리듬이나 공장의 끊임없는 드론이 끊임없이 들려주는 자장가에 맞춰 움직입니다. 우리는 생산직의 유니폼을 입고, 신분증을 달고, 개인적인 열정을 금지된 밀수품처럼 숨겨둡니다. 감방의 창살은 움직일 수 있고 보이지 않으며, 월요일 아침의 교수대가 끊임없이 다가오는 유령에 의해 우리의 꿈조차도 침투하기 때문에 주말의 자유에 대한 사이렌 소리는 잔인한 환상일 뿐입니다. 하지만 탈출 시도, 작은 반항 – 훔친 커피 한 잔의 휴식 시간, 훔친 순간에 키운 소중한 취미 –은 우리가 만들어내려는 열쇠이며, 어둠 속에서 속삭이는 절박한 기도입니다. "내가 하는 일 그 이상이 되게 해 주세요. 자유로워지게 해주세요." 그래서 우리는 스스로 만든 알카트라스라는 높은 벽 안에서 야망의 포로가 되어 필요에 얽매이고, 일이라는 가차없는 업무 마스터에 얽매여 있습니다.

Ah, the iron bars of employment, the all-encompassing cell of duty that binds us in its unforgiving grip, tighter than any handcuffs ever could. Its walls are made not of bricks or stones, but of the ceaseless ticking of the clock, the relentless marching of minutes and hours, each second a new weight added to the chain of responsibility. Work, oh what a cunning warden you are, watching us with hawk eyes from the watchtower of obligation, ready to punish any whisper of rebellion with the whip of guilt. You rule over us, the inmates of commitment, our dreams and desires locked away in the solitary confinement of practicality. From Monday to Friday, we shuffle along the narrow corridor of routine, the rhythm of the typewriter or the relentless drone of the factory our constant, grating lullaby. We don the uniform of the productive, pin on our identity badges, our personal passions tucked away like forbidden contraband. The siren call of a weekend freedom is a cruel illusion, for the bars of our cell are mobile and invisible, even our dreams infiltrated by the constant, looming specter of the Monday morning gallows. But oh, the escape attempts, the little rebellions

- a stolen coffee break, a cherished hobby nurtured in stolen moments - they're the keys we try to forge, each a desperate prayer whispered in the dark: "Let me be more than the work I do. Let me be free." And thus, within the high walls of our self-made Alcatraz, we remain, prisoners of our own ambitions, shackled by necessity, bound by the relentless, unforgiving taskmaster that is Work.

Q 시적 화자를 1인칭 시점으로 고쳐줘.

Fix the poetic speaker to first-person perspective.

A 아, 내 직장의 철창, 그 어떤 수갑보다 더 단단하게 나를 묶어 두는 내 의무의 감옥. 내 벽은 벽돌이나 돌이 아니라 끊임없는 시계의 똑딱거림으로 만들어졌으며, 분과 시간의 끊임없는 행진은 내 책임의 사슬에 새로운 무게를 더합니다. 일, 오, 당신은 의무의 망루에서 나를 지켜보고 죄책감의 채찍으로 반역의 속삭임을 처벌 할 준비가 되어 있는 얼마나 교활한 교도소장입니까? 당신은 약속의 수감자 인 저, 저, 저의 꿈과 욕망을 실용성의 고독한 감금

에 가두었습니다. 월요일부터 금요일까지, 나는 당신의 좁은 일상의 복도를 따라, 타자기의 리듬이나 공장의 드론이 끊임없이 들려주는 자장가를 따라 움직입니다. 생산성이라는 유니폼을 입고, 신분증 배지를 달고, 금지된 밀수품처럼 숨겨둔 개인적인 열정을 드러냅니다. 주말 자유의 사이렌 소리는 잔인한 환상입니다. 감방의 창살은 움직이고 보이지 않으며, 심지어 내 꿈조차도 당신의 끊임없는 유령에 의해 침투하기 때문입니다. 하지만 훔친 커피 한 잔의 휴식, 훔친 순간에 키운 소중한 취미 등 나의 작은 반항은 내가 만들어내려는 열쇠이며, 어둠 속에서 속삭이는 간절한 기도입니다. "내가 하는 일 그 이상이 되게 해 주세요. 자유로워지게 해주세요." 그래서 저는 스스로 만든 알카트라즈의 높은 벽 안에서 야망의 포로가 되어 필요에 얽매이고, 가차 없고 용서할 줄 모르는 업무의 주인인 당신, 일에 얽매여 있습니다.

Ah, the iron bars of my employment, the all-encompassing cell of my duty that binds me tighter than any handcuffs ever could. My walls are not made of bricks or stones, but of the ceaseless ticking of the clock, each relentless march of minutes and hours a new weight added to my chain of responsibility. Work, oh what a cunning warden you are, watching me from the watchtower of obligation, ready to punish my whisper of rebellion with the whip of guilt. You've claimed me, I, the inmate of commitment, my dreams and desires locked away in the solitary confinement of practicality. From Monday to Friday, I shuffle along your narrow corridor of routine, the rhythm of my typewriter or the drone of the factory my constant, grating lullaby. I don my uniform of productivity, pin on my badge of identity, my personal passions tucked away like forbidden contraband. The siren call of weekend freedom is a cruel illusion, for the bars of your cell are mobile and invisible, even my dreams infiltrated by your constant, looming specter. But oh, my little rebellions - a stolen coffee break, a cherished hobby nurtured in stolen moments - they're the keys I try to forge, each a desperate prayer whispered in the dark: "Let me be more than the work I do. Let me be free." And thus, within the high walls of my self-made Alcatraz, I remain, a prisoner of my own ambitions, shackled by

necessity, bound by the relentless, unforgiving taskmaster
that is you, Work.

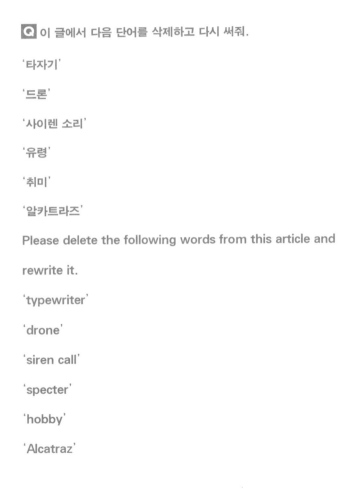

이 글에서 다음 단어를 삭제하고 다시 써줘.

'타자기'

'드론'

'사이렌 소리'

'유령'

'취미'

'알카트라즈'

Please delete the following words from this article and

rewrite it.

'typewriter'

'drone'

'siren call'

'specter'

'hobby'

'Alcatraz'

A 아, 내 직장의 철창, 그 어떤 수갑보다 더 단단하게 나를 묶어 두는 내 의무의 감옥. 내 벽은 벽돌이나 돌로 만들어진 것이 아니라 끊임없는 시계의 똑딱거림으로 만들어졌으며, 분과 시간의 끊임없는 행진은 내 책임의 사슬에 새로운 무게를 더합니다. 일, 오, 당신은 의무의 망루에서 나를 지켜보고 죄책감의 채찍으로 반역의 속삭임을 처벌 할 준비가 되어 있는 얼마나 교활한 교도소장입니까? 당신은 헌신이라는 감옥에 갇혀 있는 저를, 제 꿈과 욕망을 실용이라는 외로운 감옥에 가두어 두었습니다. 월요일부터 금요일까지, 나는 기계의 윙윙거리는 소리나 키보드의 끊임없는 똑딱거림을 자장가로 삼아 좁은 일상의 복도를 헤매고 다닙니다. 생산성이라는 유니폼을 입고, 신분증 배지를 달고, 금지된 밀수품처럼 숨겨져 있던 개인적인 열정을 숨깁니다. 주말의 자유에 대한 환상은 잔인한 농담입니다. 감방의 창살은 움직일 수 있고 보이지 않으며, 당신의 끊임없는 존재에 의해 내 꿈조차 침투하기 때문입니다. 하지만 훔친 커피 한 잔, 훔친 순간에 읽은 소중한 책 등 나의 작은 반란은 내가 만들어내려는 열쇠이며, 어둠 속에서 속삭이는 간절한 기도입니다. "내가 하는 일보다 더 많은 것이 되게 해주세요. 자유로워지게 해주세요." 그래서 저는 스스로 만든 감옥의 우뚝 솟은 벽 안에서 야망의 포로가 되어 필요에 얽매

이고, 가차 없고 용서할 줄 모르는 업무의 주인인 당신, 일에 묶여 있습니다.

Ah, the iron bars of my employment, the unyielding cell of my duty that binds me tighter than any handcuffs ever could. My walls are not made of bricks or stones, but of the ceaseless ticking of the clock, each relentless march of minutes and hours a new weight added to my chain of responsibility. Work, oh what a cunning warden you are, watching me from the watchtower of obligation, ready to punish my whisper of rebellion with the whip of guilt. You've claimed me, I, the inmate of commitment, my dreams and desires locked away in the solitary confinement of practicality. From Monday to Friday, I navigate your narrow corridor of routine, the hum of machinery or the incessant ticking of keyboards my constant, grating lullaby. I don my uniform of productivity, pin on my badge of identity, my personal passions tucked away like forbidden contraband. The illusion of weekend freedom is a cruel joke, for the bars of your cell are mobile and invisible, even my dreams infiltrated by your unrelenting presence. But oh, my small rebellions – a stolen coffee break, a cherished book read in stolen moments – they're the keys I try to forge, each a desperate prayer whispered in the dark: "Let me be more than the work I do. Let me be free." And thus, within the towering walls of my self-made prison, I remain, a captive of my own ambitions, shackled by necessity, bound by the relentless, unforgiving taskmaster that is you, Work.

🔲 다음 단어들을 강조해서 이 글을 다시 써줘. 문단은 하나로 구성해줘.

단순히 사실을 설명하는 문장은 생략해줘.

'시계'

'죄책감'

'실용'

'작은 반란'

'스스로 만든 감옥'

Rewrite this with more emphasis on the following words.

Please keep it to one paragraph. Omit sentences that simply state facts.
'clock'
'guilt'
'practicality'
'small rebellions'
'my self-made prison'

A 아, 시계의 톱니바퀴, 무자비한 시간의 리듬은 제 직업의 철옹성을 이루며 그 어떤 사슬보다 더 단단히 저를 가둬 놓았습니다. 쉴 새 없이 똑딱거리는 시계는 저를 기다리고 있는 과제를 상기시켜 주며, 저를 묶고 있는 극복할 수 없는 책임감의 무게를 메아리처럼 들려줍니다. 나의 기민한 감시자인 업무는 현실적 필요성의 구체화인 실용성의 받침대에서 나를 지켜보고 있습니다. 감히 내 가슴 속에서 일어나는 반항의 속삭임에 대해 잔인한 형벌인 죄책감의 채찍을 휘두를 준비를 하고 있습니다. 그 감옥은 마지못해 수감된 저를 잡아갔고, 딱딱한 독방에 갇혀 제 꿈과 열망은 억눌려 서류와 마감일의 바다에 잠겨버렸습니다. 창밖을 바라보는 잠깐의 여유, 회의 중 고요함 속에서 마시는 커피 한 모금 등

작은 반항이 주는 달콤한 맛은 제가 깎아내는 비밀의 열쇠이자 끊임없는 업무에 대한 조용한 반항입니다. 하나하나가 어둠 속에서 내뱉는 간절한 기도입니다: "제가 하는 일 그 이상이 되게 하소서. 자유를 맛보게 해 주세요." 하지만 안타깝게도, 제가 스스로 만든 감옥의 우뚝 솟은 성벽 안에는 밀린 업무와 흔들리지 않는 헌신으로 쌓아올린 요새가 남아 있습니다. 필요성에 족쇄를 채우고 끊임없는 똑딱거림에 괴로워하며 일이라는 용서할 수 없는 작업 마스터가 계속해서 저를 지배하고 있습니다.

Ah, the gnashing gears of the clock, the merciless rhythm of time that forms the impenetrable bars of my employment, imprisoning me more tightly than any literal chains could aspire to. Each relentless tick is a reminder of the tasks awaiting me, every tock an echo of the insurmountable weight of responsibility that binds me. Work, my astute warden, watches me from its pedestal of practicality, the embodiment of real-world necessity. It stands ready to brandish the whip of guilt, a cruel punishment for any whisper of rebellion that dares to rise within my chest. It's claimed me, I, the reluctant inmate, and in its rigid solitary confinement my dreams and aspirations have been suppressed, drowned beneath a sea of paperwork and deadlines. And oh, the sweet taste of my small rebellions - a stolen moment to gaze out of the window, an illicit sip of coffee in the silence of a meeting - they are the secret keys I chisel, a quiet defiance against the ceaseless grind. Each one is a desperate prayer uttered in the gloom: "Let me be more than the job I do. Let me taste freedom." But alas, within the towering walls of my self-made prison, a fortress built from stacks of pending tasks and unwavering commitment, I remain. Shackled by necessity, tormented by the relentless tick-tock, the unforgiving taskmaster known as Work continues to rule over me.

스티븐 킹 스타일로 창작을 요청하고, 시적 화자의 억눌린 느낌을 살리기 위해 1인칭으로 시점을 변환했다. 시의 결을 맞추는 작업으로 어색한 단어들을 생략한 다음, 주제를 강화하기 위해 핵심 소재들을 강조했다. 빠른 전개를 위해 여러 초고를 비교해야 하는 '시점 교차하기'나 '보조 소재' '감각 연상'에 해당하는 프롬프트는 넣지 않았다.

그럼에도 불구하고 '직장이라는 감옥'에 대한 쓸 만한 초고가 나왔다. 하지만 어딘가 밋밋하고 재미가 부족한 느낌이므로, 시적 화자에게 '뜻밖의 상황'을 일으켜 보자.

글에 시계 톱니바퀴가 살아서 움직이는 장면을 넣어서 다시 써줘. 문단은 하나로 구성해줘. 단순히 사실을 설명하는 문장은 생략해줘.
Rewrite the article to include a scene where the cogs of the clock come to life. Keep paragraphs to one sentence. Eliminate sentences that simply state facts.

A 내가 일이라고 부르는 이 감옥의 냉혹한 교도관인 시계는 똑딱거리고 똑딱거리며 내 책임의 사슬을 끊임없이 상기시켜 줍니다. 자정의 고요한 침묵 속에서 시계의 톱니바퀴가 살아 움직이고, 금속성 생명체가 회전하며, 그 복잡한 춤사위가 끝없는 의무의 순환에 대한 섬뜩한 메아리가 됩니다. 모든 똑딱거림은 죄책

감의 채찍질이고, 모든 똑딱거림은 내 꿈을 가둬버린 현실을 상기시켜 줍니다. 내 일상의 좁은 복도에는 이 끈질긴 톱니바퀴들이 순찰을 돌고, 나의 냉혹한 관리인인 일은 이 톱니바퀴의 눈을 통해 나를 지켜보며, 실용성의 왕좌 위에 서서 도둑맞은 휴식의 순간마다 내 영혼을 갉아먹는 죄책감의 채찍을 휘두르고 있습니다. 나의 꿈과 열망은 의무와 마감이라는 겹겹의 층에 파묻힌 채 소리 없는 외침으로 갇혀 있습니다. 톱니바퀴가 삐걱거리며 일상의 쳇바퀴를 무자비한 리듬으로 돌리는 것을 보면서 나의 꿈은 의무의 감옥의 회색 구석에 쪼그라들어 버려져 있습니다. 기계적인 춤 속에서 작은 반란이 일어나고, 커피 한 모금을 훔쳐 마시는 소중한 휴식의 순간이 찾아오고, 따스한 햇살을 받으며 한순간의 백일몽을 꾸고, 끊임없는 일에 대한 나의 조용한 반항이 시작됩니다. 감방의 어두운 구석에서 "더 이상은 안 돼", "더 나은 대우를 받을 자격이 있어"라고 속삭였지만, 이런 찰나의 저항에도 불구하고 내가 스스로 만든 감옥의 거대한 벽, 즉 의무와 불변의 시간표로 구축된 요새는 굳건히 버티고 있습니다. 나는 스스로 만든 요새의 중심부에 갇혀 있고, 시계의 톱니바퀴는 나의 헛된 시도를 비웃고, 업무는 가차없이 나를 지배하며, 용서할 줄 모릅니다.

The clock, an unyielding warden in this prison I call

work, its ticking and tocking a constant reminder of the chains of my responsibility. In the unforgiving silence of midnight, the cogs within its belly stir to life, metallic creatures spinning, their intricate dance an eerie echo of my endless cycle of obligation. Every tick, a whip of guilt; every tock, a reminder of the practicality that has locked my dreams away. The narrow corridor of my routine is patrolled by these relentless cogs, Work, my unyielding warden, watches me through the eyes of these clockwork creatures, standing atop its throne of practicality, brandishing the whip of guilt that lacerates my soul for every stolen moment of respite. My dreams and aspirations are trapped, muffled cries buried under layers of duty and deadlines. my dreams shriveled and discarded in the grey corners of my cell of obligation, as I watch the cogs scuttle about, spinning the wheel of routine with an unforgiving rhythm. Amid the mechanical dance, my small rebellions emerge, precious moments of respite snatched a stolen sip of coffee, a fleeting daydream in the embrace of a warm sunbeam, my quiet defiance against the ceaseless grind. In the dark corners of my cell, each whispered "no more" and "I deserve better" yet, despite these fleeting moments of resistance, the colossal walls of my self-made prison - a fortress constructed from obligations and unyielding timelines - remain steadfast. I remain, shackled within the heart of my self-forged fortress, the clock's cogs grinning at my futile attempts, Work's reign over me, relentless and unforgiving.

단순히 톱니바퀴가 살아 있게 변형했을 뿐인데, 기존의 교도소장(일)과 시적 화자 사이의 평면적인 긴장 관계에 교도관들(시계 톱니바퀴들)이 등장하면서 시가 훨씬 재미있어졌다.

이처럼 뜻밖의 상황을 부여해 시를 비틀면 시적 긴장감이 강화된다. 갑작스럽게 누가 방문을 열고 들어오거나, 보낸 사람을 알 수 없는 선물을 받는다거나, 하늘에서 타자기가 떨어진다거나 하는 식으로 상황을 부여해 보자. 이 시의 경우처럼 주제를 뒷받침하는 '시간' '실용성' 같은 관념적인 핵심 소재를 의인화시킬 경우에는 시적 화자와 현실 세계의 관계가 뚜렷하게 드러나는 효과도 기대할 수 있다.

뜻밖의 상황을 넣기 위해 사용한 '시계 톱니바퀴'는 시를 비틀기 위해 '비인간'을 활용하는 예시로 삼을 수도 있다. 기계, 식물, 동물, 액세서리 등 독자들이 상징적/중의적으로 받아들일 만한 비인간 소재들을 찾아보자. 프롬프트로 요청하면 되니까 초고에 포함되어 있지 않은 소재도 괜찮다.

다이아몬드 반지에서 자연스럽게 결혼을 떠올리고 플라타너스 나무에서 그늘을 연상하듯이, 우리는 알게 모르게 주변의 무수한 사물들에 겉으로 보이는 물리적 실체 이상의 의미를 부여하고 있다. 이러한 소재를 잘 활용하면 공감의 폭이 넓어진다.

Q 이 글에서 '벽'이 갖는 상징적인 의미를 좀더 기술해서 글을 수정해 줘. 문단은 하나로 구성해줘. 단순히 사실을 설명하는 문장은 생략해줘. Please edit this article to explain more about the symbolic meaning of "wall". Please keep it to one paragraph. Omit sentences that simply state facts.

A 아, 나의 끊임없는 감독자인 시계, 그 금속성 심장이 나의 감금 리듬에 맞춰 박동하는구나. 자정의 억압적인 정적 속에서 시계의 톱니바퀴가 살아 움직이고, 회전할 때마다 의무감으로 단조로운 춤을 추는 내 모습이 섬뜩한 메아리가 됩니다. 똑딱거릴 때마다 죄책감에 시달리고, 똑딱거릴 때마다 내 꿈을 가두어 버린 현실의 차가운 채찍질에 시달립니다. 이 끈질긴 시계 수호자들이 순찰하는 좁은 복도, 나의 일상은 실용성의 왕좌에 높이 앉은 나의 용서할 수 없는 간수인 일의 끊임없는 감시를 받고 있으며, 죄책감의 채찍은 언제든 내 영혼에 내려앉아 잠깐의 휴식의 순간을 빼앗을 준비가 되어 있습니다. 한때 활기차고 무성했던 내 꿈은 이제 감방의 회색 구석에서 시들어 잊혀져 가고 톱니바퀴는 끊임없이 왈츠를 추며 돌아가고 있습니다. 하지만 이 기계적인 단조로움 속에서 커피 한 모금, 따사로운 햇살 아래서 즐기는 찰나의 백일몽 등

작은 반란이 일어나고, 그 반란은 모두 기계의 폭압에 대한 조용한 저항입니다. 감방 깊숙한 곳에서 "더 이상은 안 돼"와 "더 나은 대우를 받을 자격이 있어"라는 조용한 속삭임이 반항의 리듬을 울려 퍼집니다. 하지만 제가 스스로 만든 감옥의 벽은 돌이 아니라 의무와 가혹한 일정으로 이루어진 요새이며, 벽돌 하나하나에는 아직 완수하지 못한 과제가 적혀 있고, 모르타르 하나하나에는 아직 지키지 못한 약속의 메아리가 담겨 있습니다. 그것들은 우뚝 솟아 뚫을 수 없을 정도로 높이 솟아올라 가능성의 지평을 가리고, 스스로 자초한 감금을 끊임없이 상기시켜 줍니다. 작은 반항에도 불구하고 저는 스스로 만든 요새의 깊숙한 곳에 갇혀 있고, 시계의 톱니바퀴는 가차없고 용서할 줄 모르는 일의 지배가 계속 흔들리는 동안 저의 저항을 비웃으며 웃고 있습니다.

Ah, the clock, my ceaseless overseer, its metallic heart beating out the rhythm of my confinement. In the oppressive silence of midnight, the cogs within its core spring to life, each rotation an eerie echo of my monotonous dance with obligation. Every tick, a lash of guilt; every tock, the cold slap of practicality that has incarcerated my dreams. My routine, a narrow corridor patrolled by these relentless clockwork guardians, is under constant scrutiny of Work, my unforgiving jailer, perched high on its throne of practicality, its whip of guilt ever ready to descend upon my soul for any stolen moment of respite. My dreams, once vibrant and lush, now lie withered and forgotten in the grey corners of my cell, while the cogs whirl about in a ceaseless waltz of the grind. Yet amid this mechanical monotony, my small rebellions emerge, precious interludes of respite – a stolen sip of coffee, a fleeting daydream savored under a warm sunbeam – each a quiet defiance against the tyranny of the grind. In the shadowy depths of my cell, my hushed whispers of "no more" and "I deserve better" echo the rhythm of rebellion. But here's the cruel jest: the walls of my self-made prison remain unyielding – a fortress, not of stone, but of obligations and relentless timelines, each brick a testament to the tasks I've yet to fulfill, each mortar line the echo of promises yet to be met. They rise, towering and impenetrable, blotting out the horizon of possibilities, a constant reminder of my self-inflicted confinement. Despite my small rebellions, I remain ensnared within the depths of this self-constructed fortress, the cogs of the clock smirking at my resistance as the reign of Work, relentless and unforgiving, continues to hold sway.

수정하기 전에는 "내가 스스로 만든 감옥의 거대한 벽, 즉 의무와 불변의 시간표로 구축된 요새는 굳건히 버티고 있습니다." 정도의 간략한 서술이었는데, 벽의 상징적인 의미를 강조한 뒤에는 아래처럼 표현이 구체적으로 바뀌었다.

"스스로 만든 감옥의 벽은 돌이 아니라 의무와 가혹한 일정으로 이루어진 요새이며, 벽돌 하나하나에는 아직 완수하지 못한 과제가 적혀 있고, 모르타르 하나하나에는 아직 지키지 못한 약속의 메아리가 담겨 있습니다. 그것들은 우뚝 솟아 뚫을 수 없을 정도로 높이 솟아올라 가능성의 지평을 가리고, 스스로 자초한 감금을 끊임없이 상기시켜 줍니다."

외래어

시적 화자는 당연히 현실이 아닌 작품 속 공간에 있다. 그래서 현실과의 거리 두기(독자와 작품 사이에 거리를 유지함으로써 현실을 다른 시각으로 볼 수 있게 하는 기법)이 가능하다. 하지만 그에 따른 단점으로 자칫 작품 속 공간이 현실과 동떨어질 위험이 있다. 그것을 보완하기 위한 쉬운 방법은, 별도의 설명 없이 독자들이 이해할 수 있는 외래어(지명, 상품명, 예술 작품명 등)을 집어넣는 것이다. 너무 남발하면 가벼워 보일 위험도 있지만, 적절히 사용하면 작품에 낯선 분위기를 조성하는 동시에 현실과 작품 속 공간의 거리를 가깝게 만드는 효과가 있다.

Q 이 글을 '커피'의 구체적인 상표명을 표시해서 수정해줘. 문단은 하나로 구성해줘. 단순히 사실을 설명하는 문장은 생략해줘. .

Please edit this article to include the specific brand name of "coffee". Make it a single paragraph. Omit sentences that simply state facts.

A (…) 스타벅스 커피 한 모금 (…)

(…) sip of Starbucks coffee (…)

커피 관련 내용을 조금 더 풀어낼 줄 알았더니, 챗GPT가 정말로 커피 상표명'만' 바꿔주었다. 만일 더 쓰고 싶다면 5장에서 배경 세부 묘사를 위해 요청한 프롬프트를 활용하자. 색깔로 강조한 문장을 조금 수정해서 쓰면 적당할 것 같다.

Q '스타벅스 커피 한 모금'에서 떠오르는 이미지를 한 문장으로 표현해줘.

In one sentence, describe the image that comes to mind when you think of "sipping a Starbucks coffee."

A 아늑하고 북적이는 스타벅스 카페에 앉아 따뜻하고 향기로운 스타벅스 커피 한 잔을 들고, 공기 중에 퍼지는 매력적인 향기와 첫 모금을 마시는 순간 평온한 만족감을 느끼는 편안한 휴식의 장면을 상상해 보세요.

Envision a comforting scene of relaxation, as one sits in a cozy, bustling Starbucks café, cradling a warm, aromatic cup of finely brewed Starbucks coffee, the inviting scent wafting through the air and the first sip offering a moment of tranquil satisfaction.

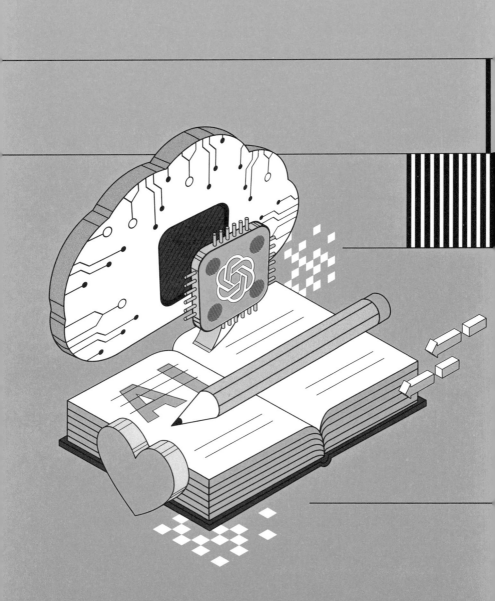

제목 짓기 :
좋은 제목은 항상 낯설다

상상하기 힘든 단어 조합
어울리지 않는 단어 조합
알 수 없는 울림

상상하기 힘든 단어 조합

'좋은 제목이 무엇인가?'라는 고민으로 이야기를 시작하면 글이 산으로 갈 듯하니, 우선 챗GPT가 추천하는 제목 짓는 법을 들어보자.

Q 시의 제목을 지을 때 무엇을 고려해야 할까?

What should you consider when titling a poem?

A 시의 제목은 창작 과정의 중요한 부분이며 작품이 어떻게 인식되는지에 큰 영향을 미칠 수 있습니다. 다음은 시의 제목을 결

정할 때 고려해야 할 몇 가지 요소입니다:

1.내용: 제목은 시의 주제 또는 모티프를 정확하게 반영해야 합니다. 반드시 명시적인 요약일 필요는 없지만 독자에게 시의 내용에 대한 힌트를 주거나 호기심을 불러일으킬 수 있어야 합니다.

2.스타일 및 어조: 제목은 시의 스타일 및 어조와 일치해야 합니다. 예를 들어, 시가 가볍고 유머러스한 경우 진지하거나 침울한 제목은 적합하지 않을 수 있습니다.

3.길이: 대부분의 경우 제목은 짧을수록 좋습니다. 기억하기 쉽고 독자의 관심을 끌 가능성이 높기 때문입니다. 그러나 항상 예외가 있으며 시의 내용과 스타일에 따라 더 긴 제목이 더 적합할 수도 있습니다.

4.독창성: 제목이 눈에 띄고 기억에 남을 수 있어야 합니다. 독특하거나 창의적인 제목은 시의 흥미를 더하고 독자를 끌어들일 수 있습니다. 그러나 시의 내용과 일치하는지 확인하세요.

5.**스포일러를 피하세요**: 제목은 너무 많은 정보를 주지 않으면서도 독자를 유혹해야 합니다. 힌트나 티저를 제공할 수는 있지만 메인 이벤트를 망쳐서는 안 됩니다.

6.**관련성**: 제목이 시 전체와 관련성이 있는지 확인하세요. 좋은 제목은 독자가 시를 읽기 전과 후에 모두 공감을 불러일으킬 수 있어야 합니다.

7.**상징과 은유**: 시가 상징이나 은유에 크게 의존하는 경우 제목에 이를 반영하는 것이 좋습니다.

8.**컬렉션 또는 시리즈와의 연결**: 시가 컬렉션이나 시리즈의 일부인 경우, 제목이 다른 작품과 어떻게 어울리는지 고려하세요. 제목은 그 자체로도 잘 어울리지만 컬렉션이나 시리즈의 맥락에서도 잘 어울려야 합니다.

제목은 독자의 시에 대한 기대와 해석을 형성할 수 있다는 점을 기억하세요. 제목은 독자가 가장 먼저 보게 되는 경우가 많으므로 시간을 들여 생각해 보고 필요한 경우 수정하는 것을 두려워하지 마세요. 다양한 제목을 실험해 보고 다른 사람들에게 피드백을 요청하는 것도 고려해 보세요.

1~8번까지 제목 지을 때 고려할 사항을 깔끔하게 정리해 주었다. 인공지능의 도움 없이 제목을 지을 때는 오히려 (프롬프트로 입력할 문장을 만들기에는 너무 모호한) 여러 가지 사항을 고민할 수 있으므로 어딘가 메모해 두고 종종 들여다보자.

그럼 이제 책의 콘셉트인 '챗GPT로 어떻게 시 제목을 지을까'에 초점을 맞추자. 프롬프트 입력과 답변 생성의 반복 작업만으로 원하는 제목(혹은 근사치의 결과)를 얻어야 하므로, 여기서는 세 가지 방법을 추천하겠다.

첫 번째는 평소에 절대 조합하지 않을 것 같은 단어(명사)들을 함께 넣는 방법이다. 7장의 예시를 위해 스티븐 킹 스타일로 쓴, '직장이라는 감옥'에 관한 산문시를 다시 살펴보자. 제목 조합을 위해 임의로 몇 개의 단어를 선택해서 색깔로 표시했다. 제목을 요청하는 프롬프트에 추가한 제약사항들을 유의 깊게 보고, 각자 응용해서 작업해 보자. 참고로 답변 분량 제한이 있기 때문에, 긴 제목은 50개 미만으로 요청하는 것을 추천한다. (아래 나오는 챗

GPT 답변은 인용 분량을 줄이기 위해 몇 차례 반복 작업한 결과물 가운데 선별해서 수록했다.)

[주제: 직장이라는 감옥]

아, 나의 끊임없는 감독인 시계, 그 금속성 심장이 나의 감금 리듬에 맞춰 박동하는구나. 자정의 억압적인 정적 속에서 시계의 톱니바퀴가 살아 움직이고, 회전할 때마다 의무감으로 단조로운 춤을 추는 내 모습이 섬뜩한 메아리가 됩니다. 똑딱거릴 때마다 죄책감에 시달리고, 똑딱거릴 때마다 내 꿈을 가두어 버린 현실의 차가운 채찍질에 시달립니다. 이 끈질긴 시계 수호자들이 순찰하는 좁은 복도, 나의 일상은 실용성의 왕좌에 높이 앉은 나의 용서할 수 없는 간수인 일의 끊임없는 감시를 받고 있으며, 죄책감의 채찍은 언제든 내 영혼에 내려앉아 잠깐의 휴식의 순간을 빼앗을 준비가 되어 있습니다. 한때 활기차고 무성했던 내 꿈은 이제 감방의 회색 구석에서 시들어 잊혀져 가고 톱니바퀴는 끊임없이 왈츠를 추며 돌아가고 있습니다. 하지만 이 기계적인 단조로움 속에서 커피 한 모금, 따사로운 햇살 아래서 즐기는 찰나의 백일몽 등 작은 반란이 일어나고, 그 반란은 모두 기계의 폭압에 대한 조용한 저항입니다. 감방 깊숙한 곳에서 "더 이상은 안 돼"와 "더 나은 대우를 받을 자격이 있어"라는 조용한 속삭임이 반항의 리듬을 울려 퍼집니다. 하지만 제가 스스로 만든 감옥의 벽은 돌이 아니라 의무와 가혹한 일정으로 이루어진 요새이며, 벽돌 하나하나에는 아직 완수하지 못한 과제가 적혀 있고, 모르타르 하나하나에는 아직 지키지 못한 약속의 메아리가 담겨 있습니다. 그것들은 우뚝 솟아 뚫을 수 없을 정도로 높이 솟아올라 가능성의 지평을 가리고, 스스로 자초한 감금을 끊임없이 상기시켜 줍니다. 작은 반항에도 불구하고 저는 스스로 만든 요새의 깊숙한 곳에 갇혀 있고, 시계의 톱니바퀴는 가차없고 용서할 줄 모르는 일의 지배가 계속 흔들리는 동안 저의 저항을 비웃으며 웃고 있습니다.

시의 제목을 50개 지어줘. 제목에는 최소한 3개의 명사가 포함되어야 해. 제목은 8단어 미만으로 만들어. 모든 제목은 아래 제시한 단어들 가운데 1개 혹은 2개를 포함해야 해. 명사들의 조합은 서로 연상하기 힘든 관계였으면 좋겠어.

'시계'

'톱니바퀴'

'일'

'감시'

'감옥'

'벽'

Give 50 titles to a poem. Each title must contain at least three nouns. Keep your titles under 8 words. All titles should include one or two of the words below. I want the nouns to have an unlikely relationship to each other.

'clock'

'cogs'

'work'

'watch'

'prison'

'wall'

A

"시계, 위스키, 그리고 저무는 달"

"감시하는 달 아래 코끼리의 춤"

"양귀비의 감옥, 하늘의 시계태엽"

"바다 속 고래의 시계"

"겨울의 시계에서 늑대의 일"

"일, 바다코끼리, 그리고 수채화의 세계"

"벽, 고래, 그리고 바람의 속삭임"

"일, 파도, 그리고 달의 불만"

"톱니바퀴, 산호, 그리고 비의 맛"

"시계, 구름, 그리고 호기심 많은 고양이"

"Watch, Whiskey, and the Waning Moon"

"Elephant's Dance Under the Watchful Moon"

"Prison of Poppies, Clockwork of the Sky"

"Watch of Whales in the Sea"

"Work of Wolves in the Winter's Watch"

"Work, Walrus, and the Watercolor World"

"Wall, Whale, and the Whisper of Wind"

"Work, Waves, and the Moon's Discontent"

"Cogs, Coral, and the Taste of Rain"

"Of Clock, Clouds, and Curious Cats"

시에 나오지 않는 단어들을 포함해서 지은 제목이기 때문에, 특정 제목을 사용하기 위해서는 시에도 관련 내용을 만들어 넣어야 한다. 예를 들어 '일, 파도, 그리고 달의 불만'을 제목으로 달고 싶다면 '파도'와 '달' '불만'이 들어간 문장을 얻도록 프롬프트를 입력하자. 끼워넣기 적당한 문장이 나올 때까지 답변을 생성하면 된다. 재생성 횟수를 줄이기 위해서는 프롬프트를 입력할 때 핵심 소재와 추가해야 하는 단어들을 두 그룹으로 나누어서 제시하면 효과적이다.

Q 아래 단어들을 사용해서 문장을 20개 지어줘. 각 문장에는 그룹1의 단어가 최소한 1개 이상 들어가고, 그룹2의 단어는 모두 들어가야 해.

그룹1:

'시계'

'톱니바퀴'

'일'

'감시'

'감옥'

'벽'

그룹2:

'파도'

'달'

'불만'

Build 20 sentences using the words below. Each sentence must contain at least one word from Group 1 and all of the words from Group 2.

Group 1:

'clock'

'cogs'

'work'

'watch'

'prison'

'wall'

Group 2:

'waves'

'moon'

'discontent'

A

"시계가 자정을 가리키자 그의 마음속 불만이 창백한 달 아래 부서지는 파도에 울려 퍼졌습니다."

"감옥 벽에 기대어 앉아 달이 떠오르는 것을 바라보는 동안 불만의 물결이 그를 덮쳤다."

"교도관의 시계는 돌담에 파도처럼 밀려오는 불만에 무관심하게 똑딱거렸다."

"달을 바라보며 그는 불만의 파도를 타고 마음의 톱니바퀴가 돌아가는 것을 느꼈습니다."

"그의 하루는 하늘 높이 떠 있는 달이 불만의 파도 위로 희미하게 비추면서 끝났습니다."

"파도에 비친 달을 바라보며 그는 불만의 감옥이 마음속에 벽을 쌓고 있는 것을 느꼈습니다."

"벽에 걸린 시계는 저물어가는 시간을 보여 주었고, 밖의 달은 그의 불만의 파도를 비추고 있었습니다."

"그녀의 불만은 시계의 리드미컬한 톱니바퀴에 울려 퍼지며 달 아래의 파도와 동기화되었습니다."

"밤의 고요함 속에서 감옥 벽은 달빛이나 불만의 파도를 막을 수 없었습니다."

"낡은 벽시계의 톱니바퀴가 달 아래 불만의 파도에 휩쓸려 고요한 방에 울려 퍼졌습니다."

"감옥은 달빛이 비추는 벽에 부딪히는 불만의 물결이 틱할 때마다 울리는 시계였다."

"벽에 걸린 시계는 잊혀진 채 달빛 아래 불만의 파도에 휩쓸려 똑딱거리고 있었다."

"그녀의 불만은 바다였고, 일상적인 업무의 벽에 부딪히는 파도마다 달의 위상이 울려 퍼졌습니다."

"불만의 파도가 성취되지 않은 일의 감옥에 부딪히는 것을 달은 조용히 지켜보았습니다."

"그가 달을 바라보는 동안 끊임없는 시간의 톱니바퀴가 그의 불만의 파도를 반영하는 것 같았다."

"그의 불만은 벽에 비친 달의 그림자처럼 보이지 않지만 시계 톱니바퀴의 리듬을 바꾸고 있었습니다."

"달빛이 감옥 벽에 긴 그림자를 드리우며 마치 그의 불만의 파도를 설명하는 것처럼 보였다."

"시계를 바라보며 그는 달이 은빛 물결로 세상을 씻어내듯 불만의 톱니바퀴가 돌아가는 것을 느꼈습니다."

"시계가 똑딱거릴 때마다, 달 아래 해안에 부서지는 파도가 감옥

안에서 그의 불만을 증폭시켰다."

"그가 감옥 창문에서 파도를 세는 동안 달은 벽시계처럼 변함없이 그의 불만을 조롱하는 것 같았다."

각 그룹에 들어가는 단어와 조합하는 개수를 바꿀 때마다 결과로 나오는 문장들의 느낌이 상당히 달라지므로 다양한 조합을 시도해 보자. 이 방식으로 제목에 어울리는 문장들만 시에 추가하는 편이 기존에 없던 단어를 핵심 소재로 추가해서 다시 쓰는 것보다 훨씬 편리하다. 뒤에 이어서 설명할 '어울리지 않는 단어 조합'이나 '알 수 없는 울림'에서 새로 얻는 단어들도 마찬가지로 처리하면 된다.

어울리지 않는 단어 조합

제목과 시의 내용을 어떻게 맞추는지 이미 보았으니, 이번에는 작품 인용은 생략하고 제목 뽑는 방법만 설명하겠다. 제목을 얻는 두 번째 방법은 서로 반대되는 느낌의 강한 단어들을 조합하는 것이다. 의도적으로 단어 사이에 생기는 불협화음을 만들려는 시도이다. 프롬프트를 짤 때 두 개 이상의 명사형 문장으로 구성해달라는 제약을 추가하면, 상상하기 힘든 단어 조합에서 확장된 '상상하기 힘든 문장 조합'도 함께 살펴볼 수 있다.

Q 시의 제목을 40개 지어줘. 제목은 두 개의 명사형 문장으로 구성해줘.

각 명사형 문장은 서로 반대되는 뜻을 지닌 단어 2개를 조합해서 만들어 줘. 제목은 8단어 미만이어야 해.

Name 40 poem titles. Each title should consist of two noun sentences. Each noun sentence is a combination of two words with opposite meanings. Titles should be less than 8 words long.

A

"살아있는 유령, 정지된 움직임"

"갇힌 자유, 시끄러운 속삭임"

"날카로운 부드러움, 무거운 깃털"

"떨리는 불꽃, 조용한 소음"

"친절한 잔인함, 풍부한 공허함"

"날카로운 부드러움, 어두운 빛"

"달콤한 쓴맛, 매콤한 단맛"

"보이는 보이지 않는, 보이지 않는 보이는"

"실체적 증기, 증기적 고체"

"차가운 태양, 뜨거운 달"

"Living Ghosts, Stilled Motion"

"Caged Freedom, Loud Whispers"

"Sharp Softness, Heavy Feather"

"Shivering Blaze, Silent Noise"

"Kind Cruelty, Abundant Emptiness"

"Sharp Softness, Dark Light"

"Sweet Bitterness, Spicy Sweetness"

"Visible Invisible, Invisible Seen"

"Tangible Vapor, Vaporous Solid"

"Cold Sun, Hot Moon"

알 수 없는 울림

세 번째 방법은 '알 수 없는 울림'을 찾는 것이다. 평소 좋아하는 책 분야가 다르듯, 사람마다 각자 끌리는 단어 유형이 다르다. 그래서 〔좋아하는 단어 유형＋좋아하는 단어 유형＝개인적으로 선호하는 제목〕 같은 방법이 가능하다.

세 번째 방법을 사용하면, 첫 번째(상상하기 힘든 단어 조합)보다는 제목을 어느 정도 예측 가능한 범위 내에서 뽑을 수 있다. 두 번째(어울리지 않는 단어 조합)과 비교하면 단어 사이의 긴장감은 떨어지지만 더 기발하고 재미있는 제목이 나오는 편이다. 세 가지 모두 나름의 장단점이 있으므로 각자의 작품 분위기에 어울리는 방법을 선택하자.

다만 프롬프트 만드는 방법이 조금 복잡하다. 먼저 각기 다른 카테고리로 분류 가능한 임의의 그룹(좋아하는 단어 유형)을 설정한다. 그리고 챗GPT에게 해당 그룹에 속하는 단어 목록 요청하자. 답변 글자수 제한이 있으므로 각 그룹에 들어갈 단어는 10~20개 정도만 뽑자. 그 다음에는 세부적인 제약을 추가해서 제목을 만들면 된다. 제목 역시 분량 제한을 감안해서 20~30개 정도만 요청하자.

Q 시의 제목을 25개 지어줘. 제목은 최소한 2개 이상의 단어로 구성해야 해. 제목에 사용하는 단어는 아래 분류한 그룹에서 골라. 같은 그룹에서 2개의 단어를 선택할 수는 없어. 제목을 만들기 위해 먼저, 아래의 각 그룹마다 그룹 명칭에 맞는 단어 목록을 10개씩 만들어. 제목 옆에 하이픈 표시를 달고, 어느 그룹에서 단어를 가져왔는지 해당 그룹 숫자를 적어줘.

그룹1: 감정 표현 단어

그룹2: 날씨 표현 단어

그룹3: 신체 표현 단어

그룹4: 음식 이름

그룹5: 예술 작품명

Give 25 titles to your poem. Your titles must consist of at least two words. The words you use in your titles should come from the groups categorized below. You can't choose two words from the same group. To create your titles, first make a list of 10 words for each group below that match the group name. Hyphenate the words next to the title and write the group number to show which group you took the word from.

Group 1: Emotion words

Group 2: Weather words

Group 3: Body words

Group 4: Food names

Group 5: Artwork names

Group 6: Scientific terms

A

그룹 1: 감정 단어
환희/절망/분노/평온함/질투/즐거움/불안/슬픔/애정/무관심

그룹 2: 날씨 단어

햇살/번개/서리/이슬비/강풍/가뭄/우박/운무/안개/사이클론

그룹 3: 신체 단어

심장/뇌/눈/피부/머리/손/발/척추/폐/뼈

그룹 4: 음식 이름

랍스터/만두/빠에야/타코/젤라토/팔라펠/브루스케타/사시미/처트니/베이글

그룹 5: 작품 이름

게르니카/별이 빛나는 밤/모나리자/비명/기억의 지속성/수련/나이트 워치/아메리칸 고딕/비너스의 탄생/진주 귀걸이를 한 소녀

그룹 6: 과학 용어

중력/진화/퀘이사/엽록소/마찰/삼투/동위원소/측지/나노 기술/게놈

제목

"환희의 선샤인"(1-2)

"절망의 심장"(1-3)

"분노 랍스터"(1-4)

"평온 게르니카"(1-5)

"질투 중력"(1-6)

"즐거움 번개"(1-2)

"불안 뇌"(1-3)

"슬픔 만두"(1-4)

"애정 별이 빛나는 밤"(1-5)

"무관심 진화"(1-6)

"햇살의 환희"(2-1)

"번개 쾌락"(2-1)

"서리 분노"(2-1)

"이슬비 평온"(2-1)

"강풍 질투"(2-1)

"심장 불안"(3-1)

"뇌 절망"(3-1)

"눈의 슬픔"(3-1)

"피부 애정" (3-1)

"머리 무관심" (3-1)

"랍스터 게르니카" (4-5)

"만두 기억의 지속성" (4-5)

"빠에야 수련" (4-5)

"타코 나이트 워치" (4-5)

"젤라토 아메리칸 고딕" (4-5)

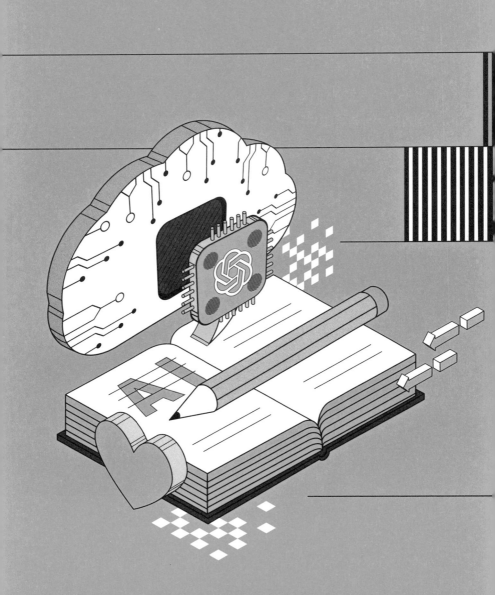

09

줄일수록 완성도가
높아진다

인공지능과 합평하기

이번 장에서는 퇴고하는 요령을 집중적으로 다루겠다. 작품을 고쳐쓰기 위해서는 창작할 당시의 몰입 상태에서 어느 정도 벗어나야 한다. 다르게 표현하면, 시를 퇴고하는 주체는 작품 속 공간에 들어가 있는 시적 화자가 아닌 작품 바깥에 있는 시인이어야 한다는 말이다.

그래서 초고를 쓰고 책의 5~8장에 있는 기초적인 수정을 한 다음에는, 한동안 그 작품을 보지 말고 다른 원고 혹은 글쓰기가 아닌 일에 집중하는 것도 하나의 요령이다. 그런데 이렇게 인위적인 거리 두기가 왜 필요한 것일까? 챗GPT에게 물어보았다.

Ⓠ 시를 퇴고할 때, 시인이 시적 화자의 시선이 아닌 외부인의 시선으로 작품을 보아야 하는 이유는 무엇일까?
On retiring poetry, Why should a poet look at their work through the eyes of an outsider rather than the eyes of the poetic speaker?

Ⓐ 다른 유형의 작가와 비슷한 이유도 있지만, 특히 시인이 시적 화자의 시선이 아닌 외부인의 시선으로 자신의 작품을 바라봐야 하는 몇 가지 특별한 이유가 있습니다:

1.**접근과 해석**: 시는 종종 상징적, 비유적 또는 추상적 언어를 사용하며, 이는 여러 가지 방식으로 해석될 수 있습니다. 외부인의 시각에서 시를 바라보면 시인이 의도한 의미를 독자가 접근하고 해석할 수 있는지 이해하는 데 도움이 될 수 있습니다.

2.**정서적 공명**: 시는 종종 특정 감정을 불러일으키는 것을 목표로 합니다. 외부인의 관점에서 시인은 시가 이러한 감정을 성공적으로 이끌어내는지 더 잘 측정할 수 있습니다. 작품의 창작자인 시인은 콘텐츠와의 연관성 때문에 이러한 감정을

강하게 느낄 수 있지만, 독자가 동일한 감정적 반응을 보일 수 있도록 하는 것이 중요합니다.

3.리듬과 흐름: 시인은 글을 쓸 때 특정한 리듬이나 흐름을 염두에 두는 경우가 많습니다. 그러나 이는 외부인에게는 분명하지 않을 수 있습니다. 시인은 외부인의 시각에서 시를 바라봄으로써 리듬과 흐름이 인지 가능한지 확인하고 읽기 경험을 향상시킬 수 있습니다.

4.언어와 이미지: 시는 종종 구체적이고 연상적인 언어와 이미지를 사용합니다. 외부인의 관점은 시인 자신뿐만 아니라 다양한 독자에게 언어와 이미지가 눈에 띄고 효과적인지 확인하는 데 도움이 될 수 있습니다.

5.보편적인 주제: 시는 지극히 개인적인 것일 수 있지만, 가장 공감을 불러일으키는 시는 보편적인 주제나 감정을 다루고 있는 경우가 많습니다. 외부인의 관점은 시인이 자신의 작품이 광범위한 청중에게 공감할 수 있고 의미 있는 작품인지 확인하는 데 도움이 될 수 있습니다.

6.미적 매력: 시는 메시지나 감정 외에도 유쾌한 구조, 소리, 리듬을 통해 미적으로도 만족스러워야 합니다. 외부인의 시각에서 시를 바라보면 시인이 이러한 미적 매력을 확보하는 데 도움이 될 수 있습니다.

시인은 외부인의 시각에서 자신의 작품을 바라봄으로써 자신의 작품이 다양한 독자들에게 공감을 불러일으키고 그 힘과 아름다움, 영향력을 강화할 수 있습니다.

[Q] 그럼 인공지능과 협업해서 쓴 시를 퇴고하는 방법에 대해 물어볼게. 기존의 시인 혼자 창작하던 방식에서는 시적 화자와 시인 사이에 거리를 유지해야 퇴고에 도움이 된다는 것은 이해했어. 그런데 챗GPT로 초고를 쓴 경우에는 시적 화자와 시인 사이에 이미 충분한 거리가 유지되고 있는 것 아닐까?

Let's talk about how to retire a poem written in collaboration with an AI. I understand that in the traditional way of creating a poem by a poet alone, the distance between the poetic speaker and the poet needs to be maintained to help with reviewing. But in the case of a first draft written with ChatGPT, isn't there already enough distance between the poetic speaker and the poet?

A 흥미로운 관점입니다. 공동 시 쓰기에 ChatGPT와 같은 AI를 사용하면 시인과 시적 화자 사이에 추가적인 분리 계층이 생기게 됩니다. 이는 시의 언어, 스타일, 선택이 전적으로 인간 시인의 산물이 아니기 때문에 시를 검토할 때 잠재적으로 더 높은 수준의 객관성을 이끌어낼 수 있습니다.

그러나 이러한 공동 작업의 맥락에서도 시인은 작품을 검토할 때 외부인의 관점을 채택하는 것을 목표로 삼아야 합니다. 그 이유는 다음과 같습니다:

1.인공지능은 인간의 주관성이 부족합니다: 인공지능은 창의적인 결과물을 생성할 수는 있지만, 인간처럼 자신이 만든 콘텐츠를 진정으로 이해하지는 못합니다. 인공지능은 감정, 경험, 직관이 없습니다. 따라서 AI는 일정 수준의 객관성을 도입할 수 있지만, 외부인인 인간의 관점을 완전히 모방하지는 못할 수 있습니다.

2.AI 결과물에 대한 편견: 협업에 참여한 인간 시인은 AI의 결과물을 매혹적인 참신함으로 보고 결함을 간과하거나, 인간이 아니기 때문에 지나치게 비판적인 태도를 취하는 등 AI의 기여에 대해 편향된 시각을 가질 수 있습니다. 외부인의 시각에서 시를 바라보면 이러한 편견을 완화하는 데 도움이 될 수 있습니다.

3.일관성 및 정서적 공명 평가: 시의 의도와 창작 과정을 잘 알고 있는 시인은 외부인과는 달리 시의 일관성과 정서적 영향에 대해 다른 이해를 가질 수 있습니다. 외부인의 관점을 채택하면 이러한 요소를 더 잘 평가할 수 있습니다.

4.AI의 출력은 입력을 기반으로 합니다: AI와 협업하는 경우, 생성된 출력은 사용자의 입력에 영향을 받습니다. 따라서 AI의 결과물에는 사용자의 일부가 반영되지만, 여전히 콘텐츠와 밀접한 관련이 있고 외부인의 관점이 필요할 수 있습니다.

5.독자의 관점 이해: 시가 어떻게 만들어졌는지에 관계없이, 의도한 독자에게 어떻게 받아들여질지 고려하는 것이 중요합

니다. 이는 외부인의 입장에서 작품을 바라보는 것이 가장 좋습니다.

요컨대, ChatGPT와 같은 AI와의 협업은 창작 과정에 흥미롭고 새로운 역동성을 도입하지만, 시를 완성하거나 '폐기'할 준비를 할 때 외부인의 관점에서 작품을 검토해야 하는 필요성을 완전히 대체하지는 못합니다.

답변을 통해, 인공지능과 협업한 시도 퇴고하기 전에 어느 정도 거리 두기가 필요하다는 점을 알 수 있다. 이제 합평하기로 넘어가자. 챗GPT가 스스로 인정하듯 '감동(정서적 공명)'에 대해 묻는 것은 큰 의미가 없다. 또 영어로 묻고 답했기 때문에 '언어'에 대한 질문도 한국어로 다듬는 데에는 그다지 유용하지 않을 것이다.

그래서 인공지능과 합평할 때는 나머지 중요한 요소들로 꼽은 주제/흐름(연상 구조)/일관성을 중심으로 시를 비평해달라고 해야 일반론적인 설명이 아닌, 각자의 작품 수정에 도움이 되는 의미 있는 답변을 얻을 수 있다.

다음 꼭지로 넘어가기 전에, 시 한 편(앞서 본 '직장이라는 감옥'을 주제로 쓴 산문시)를 제시하고 몇 가지 사항을 중심으로 비평하라고 요청해 보자. 실제 합평을 할 때 여러 사람에게 시를 보여 주고 의견을 듣지만 모든 지적을 다 수용하지는 않는 것처럼, 챗GPT의 답변을 여러 번 생성한 다음 도움이 되는 지적만 수용하면 된다. (수용한 의견은 수정 원고에 색깔로 표시했다. 수정 반영을 위해 앞뒤의 어색한 부분은 삭제선 표시를 했다.)

Q

아, 나의 끊임없는 감독자인 시계, 그 금속성 심장이 나의 감금 리듬에 맞춰 박동하는구나. 자정의 억압적인 정적 속에서 시계의 톱니바퀴가 살아 움직이고, 회전할 때마다 의무감으로 단조로운 춤을 추는 내 모습이 섬뜩한 메아리가 됩니다. 똑딱거릴 때마다 죄책감에 시달리고, 똑딱거릴 때마다 내 꿈을 가두어 버린 현실의 차가운 채찍질에 시달립니다. 이 끈질긴 시계 수호자들이 순찰하는 좁은 복도, 나의 일상은 실용성의 왕좌에 높이 앉은 나의 용서할 수 없는 간수인 일의 끊임없는 감시를 받고 있으며, 죄책감의 채찍은 언제든 내 영혼에 내려앉아 잠깐의 휴식의 순간을 빼앗을 준비가 되어 있습니다. 한때 활기차고 무성했던 내 꿈은 이제 감방의 회색 구석에서 시들어 잊혀져 가고 톱니바퀴는 끊임없이 왈츠를 추며 돌아가고 있습니다. 하지만 이 기계적인 단조로움 속에서 커피 한 모금, 따사로운 햇살 아래서 즐기는 찰나의 백일몽 등 작은 반란이 일어나고, 그 반란은 모두 기계의 폭압에 대한 조용한 저항입니다. 감방 깊숙한 곳에서 "더 이상은 안 돼"와 "더 나은 대우를 받을 자격이 있어"라는 조용한 속삭임이 반항의 리듬을 울려 퍼집니다. 하지만 제가 스스로 만든 감옥의 벽은 돌이 아니라 의무와 가혹한 일정으로 이루어진 요새이며, 벽돌 하나하나에는 아직 완수하지 못한 과제가 적혀 있고, 모르타르 하나하나에는 아직 지키지 못한 약속의 메아리가 담겨 있습니다. 그것들은 우뚝 솟아 뚫을 수 없을 정도로 높이 솟아올라 가능성의 지평을 가리고, 스스로 자초한 감금을 끊임없이 상기시켜 줍니다. 작은 반항에도 불구하고 저는 스스로 만든 요새의 깊숙한 곳에 갇혀 있고, 시계의 톱니바퀴는 가차없고 용서할 줄 모르는 일의 지배가 계속 흔들리는 동안 저의 저항을 비웃으며 웃고 있습니다.

이 시를 아래 세 가지 사항을 중심으로 비평하고 수정 방안을 제시해.

1.이 시의 주제와 주제를 표현하기 위해 사용된 중요한 소재는 무엇이지?

2.시에 등장하는 각 소재들이 보다 자연스러운 연상 구조를 만들려면 어느 부분을 고쳐야 할까? 빼면 좋은 소재가 있다면 추천해줘.

3.시적 화자가 시의 맥락에 어울리지 않는 일관되지 않은 행동이나 발화를 하는 부분이 있으면 삭제할 수 있도록 알려줘.

Ah, the clock, my ceaseless overseer, its metallic heart beating out the rhythm of my confinement. In the oppressive silence of midnight, the cogs within its core spring to life, each rotation an eerie echo of my monotonous dance with obligation. Every tick, a lash of guilt; every tock, the cold slap of practicality that has incarcerated my dreams. My routine, a narrow corridor patrolled by these relentless clockwork guardians, is under constant scrutiny of Work, my unforgiving jailer, perched high on its throne of practicality, its whip of guilt ever ready to descend upon my soul for any stolen moment of respite. My dreams, once vibrant and lush, now lie withered and forgotten in the grey corners of my cell, while the cogs whirl about in a ceaseless waltz of the grind. Yet amid this mechanical monotony, my small rebellions emerge, precious interludes of respite – a stolen sip of coffee, a fleeting daydream savored under a warm sunbeam – each a quiet defiance against the tyranny of the grind. In the shadowy depths of my cell, my hushed whispers of "no more" and "I deserve better" echo the rhythm of rebellion. But here's the cruel jest: the walls of my self-made prison remain unyielding - a fortress, not of stone, but of obligations and relentless timelines, each brick a testament to the tasks I've yet to fulfill, each mortar line the echo of promises yet to be met. They rise, towering and impenetrable, blotting out the horizon of possibilities, a constant reminder of my self-inflicted confinement. Despite my small rebellions, I remain ensnared within the depths of this self-constructed fortress, the cogs of the clock smirking at my resistance as the reign of Work, relentless and unforgiving, continues to hold sway.

Critique this poem and offer suggestions for revision, focusing on the following three points

1.what is the theme of the poem and what are the important devices used to express the theme?
2.which parts of the poem could be revised to create a more

natural associative structure for each of these materials? If there are any materials that could be left out, recommend them.

3.Tell me where the poetic speaker engages in inconsistent behavior or speech that doesn't fit the context of the poem so I can delete it.

A1 이 작품은 강력한 작품이며, 그 밑바탕에 깔려 있는 생생한 이미지와 감동적인 언어가 느껴집니다. 지정해 주신 세 가지 요점을 바탕으로 시를 비평하겠습니다:

1.**주제와 장치**: 이 시의 주제는 감옥으로 묘사된 일의 억압적이고 단조로운 성격과 그것이 꿈과 자유를 억압하는 방식인 것 같습니다. 이 시는 이 주제를 효과적으로 전달하기 위해 의인화, 은유, 이미지를 사용합니다. 시계와 '일'은 화자의 간수로 의인화되고, 일상은 감옥으로 은유적으로 묘사됩니다.

2.**연상 구조와 소재**: 이 시는 시계, 감옥, 일, 반란이라는 개념

을 중심으로 상당히 일관된 연상 구조를 가지고 있습니다. 그러나 일부 섹션은 중심 주제와 더 긴밀하게 연결될 수 있습니다. 예를 들어 "따사로운 햇살 아래서 맛보는 찰나의 백일몽"이라는 문구는 전체적인 은유에 더 잘 어울리도록 수정할 수 있습니다. 대신 "한순간의 백일몽, 내 감방 너머의 세상을 엿보는 숨겨진 열쇠구멍"이라고 표현할 수도 있습니다.

"훔친 커피 한 모금"과 같은 일부 소재는 생생하지만 주요 주제와 은유에 반드시 기여하지는 않습니다. 감옥/직장 은유와 더 명확하게 일치하도록 수정할 수 있습니다. 예를 들어, "훔친 커피 한 모금"은 "시계의 가차없는 바늘의 스트로크 사이에 훔친 커피 한 모금"으로 재구성할 수 있습니다.

3.일관성 없는 행동 또는 말: 전반적으로 화자의 행동과 말이 시의 주제 및 맥락과 일치합니다. 그러나 "따뜻한 햇살"이나 "훔친 커피 한 모금"과 같은 일부 요소는 감옥/직장 은유 내에서 다소 부조화롭게 느껴집니다. 이러한 요소를 감옥/직장 주제와 더 밀접하게 일치하도록 수정하면 일관성을 유지하는 데 도움이 될 수 있습니다.

마찬가지로 "우뚝 솟아 뚫을 수 없는, 가능성의 지평선을 가리는"이라는 문구도 나머지 이미지와 더 일관성 있게 수정할 수 있습니다. 화자는 감옥에 있기 때문에 지평선을 볼 수 없을 것입니다. 대신 "우뚝 솟아 있고 뚫을 수 없는, 꿈으로 가득 한 저 너머의 세계로 탈출할 수 있다는 희망을 지워버리는" 과 같은 이미지를 사용할 수 있습니다.

제가 제안한 것은 훈련 과정에서 배운 패턴과 구조를 기반으로 한 것이지만, 시는 매우 주관적이기 때문에 최종 결정은 작가로서의 비전을 반영해야 한다는 점을 기억하세요.

A2 이 시는 사려 깊고 표현력이 풍부한 시로, 의무와 끊임없는 시간의 흐름에 갇힌 화자의 심정을 생생하게 담아내고 있습니다. 이제 구체적인 포인트를 짚어보겠습니다:

1.**주제와 장치**: 시의 주된 주제는 일의 요구와 의무, 그리고 시계로 형상화된 끝없는 시간의 행진에 갇혀 있거나 갇혀 있는 느낌인 것 같습니다. 이 시는 의인화(예: "시계, 나의 끊임없는 감독자", "일, 나의 용서할 수 없는 간수"), 은유(예: "나의 일상, 좁은 복도"), 생생한 이미지(예: "한때 활기차고 무성했던 나의 꿈, 이제는 시

들어 잊혀져") 등 다양한 장치를 사용하여 이 주제를 표현하고
있습니다.

2.자연스러운 연상 구조와 중복성을 위한 수정: 시계의 은유를
시 전체에 더 촘촘히 엮어 보다 자연스러운 연상 구조를 제공
할 수 있습니다. 감옥에 대한 은유는 설득력이 있지만, 시계
에 대한 은유에 더 집중하여 시를 보다 통일되고 덜 복잡한 이
미지로 만들면 도움이 될 수 있습니다. 예를 들어 "나의 일상,
좁은 복도"라는 구절을 "나의 일상, 끝없는 똑딱거림과 똑딱
거림의 순환"과 같은 문구로 바꿀 수 있습니다. 마찬가지로
"간수", "죄책감의 채찍", "감방"과 같은 문구는 일관성을 유지
하기 위해 시계 관련 이미지로 대체할 수 있습니다.

중복성 측면에서 이 시는 표현력이 풍부하고 생생한 이미지로
가득 차 있지만 아이디어가 반복되는 부분이 있습니다. 예를
들어, "나의 용서할 수 없는 간수인 일은 실용성의 왕좌에 높
이 앉았고, 죄책감의 채찍은 언제나 내 영혼에 내려앉을 준
비가 되어 있다"와 "가차없고 용서할 수 없는 일의 지배는
계속 흔들리고 있다"는 본질적으로 같은 정서를 전달하고 있
습니다. 독자에게 과부하를 주지 않으면서 시의 강렬함을 유

지하기 위해 이러한 반복을 압축하는 것을 고려하세요.

3.일관성 없는 행동이나 말: 시는 언어와 이미지에서 대체로 일관성이 있습니다. 한 가지 잠재적인 일관성 결여 지점은 화자의 감금된 감정과 "작은 반란" 사이의 전환입니다. 이 두 가지 대조적인 요소를 보다 부드럽게 전환하거나 명확하게 연결하는 것이 유용할 수 있습니다. 화자가 시의 앞부분에서 반란에 대한 갈망이나 변화에 대한 열망을 언급하여 '반란'이 소개되기 전에 이 이야기의 줄거리를 확립할 수도 있습니다.

이것은 제안일 뿐이며 시의 아름다움은 종종 개별적인 표현에 있다는 것을 기억하세요. 가장 중요한 것은 시가 진정성 있고 공감을 불러일으킨다는 것입니다.

A3 이 시는 일과 일상에 대한 부담감, 자유에 대한 갈망, 억압된 반항심에 대한 화자의 투쟁을 가슴 아프게 표현하고 있습니다. 생생하고 감동적인 이미지, 은유, 의인화, 반복을 효과적으로 사용하여 주제를 표현하고 있습니다.

1.주제와 장치: 주요 주제는 화자가 기계적이고 단조로우며 억압적인 일상에 갇혀 있다는 느낌을 시계, 좁은 복도, 요새의 이미지로 형상화한 것으로 보입니다. 화자는 자유와 작은 휴식의 순간을 갈망합니다. 이 시는 이러한 주제를 표현하기 위해 은유(시계는 작업 감독자이자 교도관, 일은 간수), 의인화(시계는 웃고, 일은 왕좌에 앉음), 반복(시계와 요새의 억압적인 이미지로 끊임없이 돌아감)을 사용합니다.

2.연상 구조와 불필요한 소재에 대한 수정: 이 시는 이미지와 은유가 밀집되어 있어 화자의 곤경에 대한 풍부한 질감의 그림을 만들어냅니다. 그러나 이러한 밀도는 일부 독자에게는 시를 소화하기 어렵게 만들 수 있습니다. 일부 은유를 단순화하거나 더 적은 수의 은유에 집중하면 보다 자연스러운 연상 구조를 만들 수 있습니다. 예를 들어, 시계와 감옥의 은유에 주로 초점을 맞추고 나머지 시를 그 주위에 엮는 것이 이 시에서 도움이 될 수 있습니다. "좁은 복도"와 "죄책감의 채찍"에 대한 언급은 주요 시계와 요새 은유에 더 자연스럽게 엮을 수 있습니다. 예를 들어, "톱니바퀴가 살아 움직이고, 회전할 때마다 의무감에 사로잡힌 나의 단조로운 춤의 섬뜩한 메아리"

를 "톱니바퀴가 의무감에 사로잡힌 나의 단조로운 춤을 반영한다"로 줄이면 의미를 잃지 않고 일부 구절을 단순화할 수 있습니다.

3.시적 화자의 행동이나 말의 불일치: 화자는 시 전체에 걸쳐 일관된 모습을 보이며 갇혀 있는 느낌, 단조로움, 반항을 원하는 욕구를 표현합니다. 유일한 잠재적 불일치는 시의 후반부에서 화자가 "작은 반란"에 대해 말하는 부분의 어조 변화일 수 있습니다. 여기에는 시의 나머지 부분에서 압도적인 억압감과 일치하지 않는 것처럼 보일 수 있는 갑작스러운 희망과 저항감이 있습니다. 이러한 작은 반란이 진정한 위안을 주는 것인지, 아니면 일시적이고 궁극적으로 비효율적인 반항 행위인지 명확히 하고 싶을 수도 있습니다.

참고로 이러한 비평은 단지 제안일 뿐이며 최종 해석과 수정 결정은 시인인 여러분에게 달려 있습니다. 시는 종종 개인적이고 미묘한 감정과 경험을 전달하며, 어떤 사람에게는 일관성이 없거나 밀도가 낮아 보일 수 있는 내용이 다른 사람에게는 깊은 공감을 불러일으킬 수 있습니다.

[합평 의견을 반영한 수정 원고]

아, 나의 끊임없는 감독인 시계, 그 금속성 심장이 나의 감금 리듬에 맞춰 박동하는구나. 자정의 억압적인 정적 속에서 시계의 톱니바퀴가 의무감에 사로잡힌 나의 단조로운 춤을 반영한다. 똑딱거릴 때마다 죄책감에 시달리고, 똑딱거릴 때마다 내 꿈을 가두어 버린 현실의 차가운 채찍질에 시달립니다. 이 끈질긴 시계 수호자들이 순찰하는 나의 일상, 끝없는 똑딱거림과 똑딱거림의 순환, 실용성의 왕좌에 높이 앉은 나의 용서할 수 없는 간수인 일의 끊임없는 감시를 받고 있으며, 죄책감의 채찍은 언제든 내 영혼에 내려앉아 잠깐의 휴식의 순간을 빼앗을 준비가 되어 있습니다. 한때 활기차고 무성했던 내 꿈은 이제 감방의 회색 구석에서 시들어 잊혀져 가고 톱니바퀴는 끊임없이 왈츠를 추며 돌아가고 있습니다. 허지만 이 기계적인 단조로움 속에서 시계의 가차없는 바늘의 스트로크 사이에 훔친 커피 한 모금, 한순간의 백일몽, 내 감방 너머의 세상을 엿보는 숨겨진 열쇠구멍 등 작은 반란이 일어나고, 그 반란은 모두 기계의 폭압에 대한 조용한 저항입니다. 감방 깊숙한 곳에서 "더 이상은 안 돼"와 "더 나은 대우를 받을 자격이 있어"라는 조용한 속삭임이 반항의 리듬을 울려 퍼집니다. 하지만 제가 스스로 만든 감옥의 벽은 돌이 아니라 의무와 가혹한 일정으로 이루어진 요새이며, 벽돌 하나하나에는 아직 완수하지 못한 과제가 적혀 있고, 모르타르 하나하나에는 아직 지키지 못한 약속의 메아리가 담겨 있습니다. 그것들은 우뚝 솟아 있고 뚫을 수 없는, 꿈으로 가득한 저 너머의 세계로 탈출할 수 있다는 희망을 지워버리는, 스스로 자초한 감금을 끊임없이 상기시켜 줍니다. 작은 반항에도 불구하고 저는 스스로 만든 요새의 깊숙한 곳에 갇혀 있고, 시계의 톱니바퀴는 가차없고 용서할 줄 모르는 일의 지배가 계속 흔들리는 동안 저의 저항을 비웃으며 웃고 있습니다.

분량 줄이기

이제 오롯하게 인간의 힘만으로 마지막 남은 작업을 하는 지점까지 왔다. 지금부터 이번 장이 끝날 때까지 이어질 수정 작업은 크게 세 가지에 초점을 맞출 것이다.

첫 번째로 분량을 줄이자. 영어 초고를 한글로 번역하면 자연스럽게 분량이 늘어난다. 언어의 차이에 따른 것인데, 크게 고민할 문제는 아니고 대략 1.3배 정도 늘어난다고 생각하면 된다. (벌써 원고의 30%는 덜어내야겠다는 생각이 들지 않는가?)

분량을 줄이는 과정에서 함께 해야 하는 작업이 있다. 부자연스러운 번역 투를 모두 자연스럽게 고치는 것이다. 번역 투 문장이 섞여 있는 작품은 '절대로'라고 할 수 있을 만큼 당선 가능성이 없으니 꼭 고쳐야 한다. 아래의 다섯 가지만 고쳐도 꽤 나은 결과물을 얻을 수 있다.

- '~의'를 쓰지 않고,
- '직유법(~처럼/~같은/~듯이 등)'을 줄이고,
- '감탄사'를 생략하고,
- '지시대명사(이/그/저/어디/무엇 등)'을 없애고,
- '수동태 문장'을 없애거나 바꾸자.

퇴고는 정말 부득이한 경우가 아니면 무조건 '뺀다'는 관점에서 접근하자. 앞서 충분한 분량의 초고를 만들기 위해 여러 가지 방법을 시도한 까닭이기도 하다. 퇴고에서 무언가를 더 써넣어서 작품의 완성도가 올라갈 것 같다면, 기존의 초고가 충분히 길지 않은 것이다.

이제 챗GPT의 합평 의견을 반영해서 퇴고를 시작하자. 비교하기 쉽도록 수정하기 이전 문장은 괄호 안에 작게 넣었다.

[분량 줄이기 전]

익, 나를 끊임없이 감독하는 시계(나의 끊임없는 감독자인 시계), 그 금속

성 심장이 나를 가둔 채 뛴다(나의 감금 리듬에 맞춰 박동하는구나). 자정의 억압적인 정적 속에서 시계 톱니바퀴에 의무감에 사로잡혀 단조로운 춤을 추는 내가 비친다(시계의 톱니바퀴가 의무감에 사로잡힌 나의 단조로운 춤을 반영한다). 똑딱거릴 때마다 죄책감에 시달리고, 똑딱거릴 때마다 내 꿈을 가두어 버린 현실이 차갑게 채찍질한다(현실의 차가운 채찍질에 시달립니다). 의 끈질긴 시계 수호자들이 순찰하는 나의 일상, 끝없이 똑딱거리고 다시 똑딱거리는(끝없는 똑딱거림과 똑딱거림의 순환), 한때 활기차고 무성했던 내 꿈은 이제 감방의 회색 구석에서 시들어 잊혀져 가고 톱니바퀴는 끊임없이 왈츠를 추며 돌아가고 있습니다. 감방 깊숙한 곳에서 "더 이상은 안 돼"와 "더 나은 대우를 받을 자격이 있어"라는 조용한 속삭임이 반항적으로 울려 퍼진다(반항의 리듬을 울려 퍼집니다). 하지만 제가 스스로 만든 감옥의 벽은 돌이 아니라 의무와 가혹한 일정으로 이루어진 요새이며, 벽돌 하나하나에는 아직 완수하지 못한 과제가 적혀 있고, 모르타르 하나하나에는 아직 지키지 못한 약속이(의 메아리가) 담겨 있습니다. 그것들은 우뚝 솟아 있고 뚫을 수 없는, 꿈으로 가득한 저 너머의 세계로 탈출할 수 있다는 희망을 지워버리는, 스스로 자초한 감금을 끊임없이 상기시킨다(켜 줍니다). 저는 스스로 만든 요새의 깊숙한 곳에 갇혀 있고, 시계의 톱니바퀴는 가차없고 용서할 줄 모르는 일이 지배하는 동안 계속 흔들린다

(일의 지배가 계속 흔들리는 동안) ~~저의 저창을 비웃으며 웃고 있습니다.~~

[분량 줄이기 후]

나를 끊임없이 감독하는 시계, 금속성 심장이 나를 가둔 채 뛴다. 시계 톱니바퀴에 의무감에 사로잡혀 단조로운 춤을 추는 내가 비친다. 똑딱거릴 때마다 죄책감에 시달리고, 똑딱거릴 때마다 내 꿈을 가두어 버린 현실이 차갑게 채찍질한다. 끈질긴 시계들이 순찰하는 일상, 끝없이 똑딱거리고 다시 똑딱거리는, 한때 활기차고 무성했던 내 꿈은 이제 감방 회색 구석에서 시들어 잊혀져 가고 톱니바퀴는 끊임없이 왈츠를 추며 돌아가고 있다. 감방 깊숙한 곳에서 "더 이상은 안 돼" "더 나은 대우를 받을 자격이 있어" 조용한 속삭임이 반항적으로 울려 퍼진다. 스스로 만든 감옥 벽은 돌이 아니라 의무와 가혹한 일정으로 이루어진 요새이며, 벽돌 하나하나에는 아직 완수하지 못한 과제가 적혀 있고, 모르타르 하나하나에는 아직 지키지 못한 약속이 담겨 있다. 우뚝 솟아 있고 뚫을 수 없는, 탈출할 수 있다는 희망을 지워버리는, 스스로 자초한 감금을 끊임없이 상기시킨다. 스스로 만든 요새 깊숙한 곳에 갇혀 있고, 시계 톱니바퀴는 가차없고 용서할 줄 모르는 일이 지배하는 동안 계속 흔들린다.

주어/복문 생략

    퇴고의 두 번째 과정은 주어와 복문을 빼는 것이다. 주어를 생략하면 시적 화자보다는 연상을 끌어가는 핵심 소재들이 더 두드러져 보이는 장점이 있다. 어차피 나(1인칭) 아니면 그(3인칭)의 이야기라는 전제를 작가/독자 모두 알고 있으므로, 내용 전달에 꼭 필요한 부분이 아니라면 과감하게 주어를 빼자.

    주어를 빼는 간단한 요령 한 가지는, 문장 단위로 행갈이를 한 상태에서 살펴보는 것이다. 문장 단위로 나누어서 보면 두 개의 문장이 하나로 붙어 있는 경우(복문)도 잘 드러나는데, 둘 중 하나의 문장을 빼도 이상하지 않으면 생략하자. 앞의 시를 행갈이하고 주어를 빼면 아래와 같다.

[문장 단위로 행갈이 후 주어/복문 생략]

나를 끊임없이 감독하는 시계, 금속성 심장이 나를 가둔 채 뛴다.

시계 톱니바퀴에 의무감에 사로잡혀 단조로운 춤을 추는 내가 비친다.

똑딱거릴 때마다 죄책감에 시달리고, 똑딱거릴 때마다 ~~내 꿈을 가두어 버린 현실이~~ 차갑게 채찍질한다.

끈질긴 시계들이 순찰하는 일상, 끝없이 똑딱거리고 다시 똑딱거리는,

한때 활기차고 무성했던 내 꿈은 이제 감방 회색 구석에서 시들어 잊~~혀져~~ 가고 톱니바퀴는 끊임없이 왈츠를 추며 돌아가고 있다.

감방 깊숙한 곳에서 "더 이상은 안 돼" "더 나은 대우를 받을 자격이 있어" 조용한 속삭임이 반항적으로 울려 퍼진다.

~~스스로 만든~~ 감옥 벽은 돌이 아니라 의무와 가혹한 일정으로 이루어진 요새이며,

벽돌 하나하나에는 아직 완수하지 못한 과제가 적혀 있고,

모르타르 하나하나에는 아직 지키지 못한 약속이 담겨 있다.

우뚝 솟아 있고 뚫을 수 없는, 탈출할 수 있다는 희망을 지워버리는, 스스로 자초한 감금을 끊임없이 상기시킨다.

스스로 만든 요새 깊숙한 곳에 갇혀 있고,

시계 톱니바퀴는 ~~가차없고 용서할 줄 모르는 일이 지배하는~~ 동안 계속 흔들린다.

종결/연결어미 생략

마지막 세 번째 퇴고 과정은 어미 생략이다. 주어와 복문을 정리한 다음에는 종결어미, 연결어미 역시 최대한 빼자. 이때 가능하면 추가로 행을 더 구분하자. 어미가 사라지면서 생기는 어색함을 행의 나머지 여백이 메꿔 준다. 시를 읽고 쓰는 사람이라면 왜 그런지 경험으로 알 것이다. 원리는 굳이 이 책에서 설명하지 않겠다. 행갈이를 할 때는 필요 없는 문장 부호도 생략하자.

방금 정리한 상태의 시를 이어서 보겠다. 6장에서 설명한 부사 걷어내기도 함께 적용했다.

[종결/연결어미 생략]

끊임없이 감독하는 시계

금속성 심장이 나를 가둔 채 뛴다

시계 톱니바퀴에 의무감에 사로잡혀

단조로운 춤을 추는 내가 비친다

똑딱거릴 때마다 죄책감에 시달리고

똑딱거릴 때마다 차갑게 채찍질한다

끈질긴 시계들이 순찰하는 일상

끝없이 똑딱거리고 다시 똑딱거리는,

한때 활기차고 무성했던 내 꿈은

이제 감방 회색 구석에서 시들어 가고

톱니바퀴는 끊임없이 왈츠를 추며 돌아간다(가고 있다)

감방 깊숙한 곳에서 "더 이상은 안 돼"

"더 나은 대우를 받을 자격이 있어"

조용한 속삭임이 반항적으로 울려 퍼진다

돌이 아니라 의무와 가혹한 일정으로 이루어진 요새이며

벽돌 하나하나에는 아직 완수하지 못한 과제가 적혀 있고

모르타르 하나하나에는 아직 지키지 못한 약속이 담겨 있다

우뚝 솟아 있고 뚫을 수 없는

탈출할 수 있다는 희망을 지워버리는,

스스로 자초한 감금을 끊임없이 상기시킨다

스스로 만든 요새 깊숙한 곳에 갇혀 있고

시계 톱니바퀴는 계속 흔들린다.

끊임없이 감독하는 시계

금속성 심장이 나를 가둔 채 뛴다

시계 톱니바퀴에 의무감에 사로잡혀

단조로운 춤을 추는 내가 비친다

똑딱거릴 때마다 죄책감에 시달리고

똑딱거릴 때마다 차갑게 채찍질한다

끈질긴 시계들이 순찰하는 일상

끝없이 똑딱거리고 다시 똑딱거리는,

활기차고 무성했던 내 꿈은

감방 회색 구석에서 시들어 가고

톱니바퀴는 끊임없이 왈츠를 추며 돌아간다

감방 깊숙한 곳 "더 이상은 안 돼"

"더 나은 대우를 받을 자격이 있어"

조용한 속삭임이 반항적으로 울려 퍼진다.

돌이 아니라 의무 가혹한 일정으로 이루어진 요새

벽돌 하나하나 완수하지 못한 과제가 적혀 있고

모르타르 하나하나 지키지 못한 약속이 담겨 있다

우뚝 솟아 있고 뚫을 수 없는

탈출할 수 있다는 희망을 지워버리는,

스스로 자초한 감금을 끊임없이 상기시킨다

스스로 만든 요새 깊숙한 곳에 갇혀 있고

시계 톱니바퀴는 계속 흔들린다.

대화체 활용

앞서 설명한 퇴고 과정을 거치고 나면, 초고에 따라 다소 편차는 있지만 전반적으로 깔끔한 시 한 편을 얻었을 것이다. 지금 설명하는 '대화체 활용'은 퇴고 후에도 시가 '재미없다'는 느낌이 들 때 한 번 정도 시도해 보면 좋다. 대화를 만드는 작업은 퇴고를 시작하기 직전 버전의 원고를 가지고 작업하자.

4장에서 시점을 1인칭으로 변경해서 '비논리적 독백'을 만드는 방법을 설명했다. '대화체 활용'은 그것보다는 훨씬 간단하면서도 작품 전체를 생생하게 만드는 힘을 가지고 있다. 그래서 잘못 넣으면 전체적인 분위기를 망칠 위험도 있다.

아래 프롬프트를 활용한 예시에서 대화가 있고 없고의 차이

점을 비교해 보자. 설명을 위해, 4장 시점 교차하기에 나온《위대한 개츠비》의 또 다른 주인공 데이지 뷰캐넌의 입장에서 제이 개츠비를 평가한 예시를 잠시 가져오자.

[데이지 뷰캐넌이 본 제이 개츠비의 인간적인 단점]

친애하는 개츠비, 그는 내일에 굶주린 남자의 열정으로 부두의 녹색 불빛만큼이나 애매한 과거에 집착하는군요. 오, 그의 야망은 비극적인 만큼이나 전염성이 강하고, 그의 모든 야유회를 합친 것보다 더 밝게 빛나는 독한 변종입니다. 마치 그는 아메리칸 드림의 금빛 베니어를 충분히 쌓고, 충분한 부와 지위를 얻으면 과거를 다시 쓰고, 운명을 다시 쓸 수 있다고 스스로 확신하는 것 같습니다.

그리움의 미로 속에서 그는 영원히 길을 잃은 인간이자 신화의 일부인 미노타우로스를 스스로 만들어 냈습니다. 그는 자신이 만들었던 포로가 되어 자신이 될 수 있었던 사랑, 자신이 될 수 있었던 남성이라는 거대한 환상에 갇혀 있습니다. 마치 손이 닿지 않는 삶의 그림자, 현실의 가장자리에서 춤을 추는 실루엣, 영원히 애틋하지만 영원히 알 수 없는 삶의 그림자 속에 사는 것 같습니다. 그런 비극적이고 아름다운 존재가 바로 제이 개츠비이며, 그는 자신을 만든 바로 그 꿈에서 벗어날 수 없는 사람입니다.

Q 이 글을 산문시로 수정해줘. 문단은 하나로 구성해줘. 단순히 사실을 설명하는 문장은 생략해줘. 시적 화자는 3인칭 시점으로 고쳐줘. Please revise this post to prose poetry. Make it a single paragraph. Omit sentences that simply state facts. Change the poetic narrator to third person.

A 신비로운 개츠비의 내면에는 찬란한 꿈과 가슴 아픈 현실이 공존하는, 자신이 창조한 세계와 냉혹한 세상 사이의 틈새에서 춤을 추는 듯한 존재가 있었습니다. 아름답기도 하고 비극적이기도 한 그의 결점은 젊은 시절의 플래퍼 드레스처럼 지나간 시대의 유물인 사랑의 장밋빛 환상에 대한 확고한 믿음이었습니다. 그는 그녀, 데이지를 가장 높은 받침대 위에 올려놓았고, 끝없는 갈망의 흑요석에 빛나는 등불이 되어주었습니다. 이스트 에그 해안의 물결처럼 끈질긴 그의 욕망은 혈육의 여인이 아니라 기억에서 조각된 소녀의 유령을 갈망했습니다. 그는 내일을 갈망하는 남자의 열정으로 부두의 녹색 불빛만큼이나 애매한 과거에 집착

했습니다. 그의 야망은 비극적인 만큼이나 전염성이 강했고, 충분한 부와 지위, 아메리칸 드림의 금빛 베니어로 운명을 다시 쓸 수 있다는 절박한 믿음이 그의 모든 무도회를 합친 것보다 더 밝게 빛났습니다. 그리움의 미로 속에 갇힌 그는 영원히 길을 잃은 인간이자 신화 속 미노타우로스를 스스로 만들어냈습니다. 그는 자신이 만든 포로였고, 있을 수 있었던 사랑, 있을 수 있었던 삶에 대한 원대한 환상에 갇혀 있었습니다. 현실의 가장자리에서 춤을 추는 매혹적인 실루엣, 애매한 삶의 그림자 속에서 끊임없이 살아가던 그는 자신을 만든 바로 그 꿈에서 벗어날 수 없는 사람이 었습니다. 그녀의 눈에 비친 제이 개츠비의 비극적인 아름다움은 이룰 수 있었던 꿈과 이룰 수 없었던 꿈이 만들어낸 교향곡과도 같았습니다.

Ⓠ 이 시에 대화를 2개만 넣어줘. 독백은 넣지마. 문단은 하나로 구성해줘.

Include only two lines of dialog in this poem. No monologues.

Make it a single paragraph.

🅐 신비로운 개츠비의 내면에는 찬란한 꿈과 가슴 아픈 현실이

공존하는, 자신이 창조한 세계와 냉혹한 세상 사이의 틈새에서 춤을 추는 듯한 존재가 있었습니다. 아름답기도 하고 비극적이기도 한 그의 결점은 젊은 시절의 플래퍼 드레스처럼 지나간 시대의 유물인 사랑의 장밋빛 환상에 대한 확고한 믿음이었습니다. 그는 그녀, 데이지를 가장 높은 받침대 위에 올려놓았고, 끝없는 갈망의 흑요석에 빛나는 등불이 되어주었습니다. 이스트 에그 해안의 물결처럼 끈질긴 그의 욕망은 혈육의 여인이 아니라 기억에서 조각된 소녀의 유령을 갈망했습니다. 그는 내일을 갈망하는 남자의 열정으로 부두의 녹색 불빛만큼이나 애매한 과거에 집착했습니다. 그의 야망은 비극적인 만큼이나 전염성이 강했고, 충분한 부와 지위, 아메리칸 드림의 금빛 베니어로 운명을 다시 쓸 수 있다는 절박한 믿음이 그의 모든 무도회를 합친 것보다 더 밝게 빛났습니다. 그리움의 미로 속에 갇힌 그는 영원히 길을 잃은 인간이자 신화 속 미노타우로스를 스스로 만들어냈습니다. 그리고 그의 목소리에서 "데이지, 날 사랑해 줄 수 있어?"라는 간절한 외침이 들렸습니다. 그는 자신이 만든 포로였고, 사랑할 수 있었던 삶, 사랑할 수 있었던 사랑에 대한 거대한 환상에 갇혀 있었습니다. 현실의 가장자리에서 춤을 추는 매혹적인 실루엣, 애매한 삶의 그림자 속에서 끊임없이 살아가는 그는 자신을 만든 바로 그

꿈에서 벗어날 수 없는 사람이었습니다. 그녀가 그의 희망에 찬 눈을 바라보며 "오, 제이, 하지만 다른 삶에서요."라고 대답하는 순간, 그녀의 대답이 멜로디처럼 허공에 떠올랐습니다. 그녀의 눈에 비친 제이 개츠비의 비극적인 아름다움은 이룰 수 있는 꿈과 이룰 수 없는 꿈이 만들어낸 교향곡이었습니다.

색깔로 표시한 부분에서, 동일한 시에 대화만 추가된 것을 확인할 수 있다. 공모전에 응모하는 시에서는 등장인물들이 대화를 주고받는 경우가 거의 없는 편이다. 보통 어느 한쪽의 대화만 등장한다. 그러므로 만일 생성한 대화 중에 쓸 만한 것이 있다고 생각하면 한쪽만 가져다 쓰자.

공모전 응모원고 순서 정하기

공모전에 응모하는 사람이라면 누구나 당선되는 꿈을 꾼다. 그러나 500에서 1,000명이 넘는 응모자들 가운데 당선자를 뽑는 경쟁을 넘어서기란 결코 쉽지 않다. 게다가 심사평에는 늘 안정적인 화법과 구조, 단어와 문장 구사의 독특함, 신인다운 상상력에 심지어 사회적인 문제에 대한 관심까지 두루 요구하니 여간 난감한 일이 아니다. 그래서 오랜 습작 경험을 가진 작가지망생들은 심사 기준을 넘어서기 위해 각자 나름의 응모원고 구성 노하우를 가지고 있다. 그럼에도 매년 다들 투고하기 직전까지 어떤 순서로 원고를 배열할지 끝없이 고민한다.

반면에 놀랍게도, 많은 작가지망생들이 '원고를 고르는 단계'에서는 상대적으로 고민을 깊이 하지 않는 것처럼 보인다. 응모할 작품을 선별할 때 스스로 생각하기에 잘 쓴 작품 순서대로 추려서 보내곤 한다. 물론 갑자기 실력이 확 늘어서 최근 짧은 시기에 몰아서 쓴 작품들이 베스트 컬렉션이라면 아무 문제 없다. 그러나 5년에서 10년 이상의 긴 시간 동안 쓴 습작 원고들 중에 최고라고 생각하는 작품들을 한데 모으면 작품의 어조가 뒤섞이는 부작용이 생길 수 있다. 창작 시기가 서로 너무 차이 나면 시적 화자의 시선도 변하기 마련이다. 신인들이 주로 응모하는 공모전에서는 작가의 주제의식이나 문체가 변화하는 과정을 보여 줄 만한 분량도 안 되고 그럴 필요도 없다. 오히려 비슷한 시선(일관된 시적 화자)의 작품들을 여러 편 나열하는 쪽이 더 유리하다.

일단 당선작으로 밀고 싶은 (첫 번째나 두 번째에 배열하는) 작품을 하나 골랐다면, 나머지 작품들은 그 작품을 뒷받침하기 위해 구성해야 한다. 절대 본인 선정 최고 작품들로 모으지 말자. 미는 작품이 독특한 상상력으로 호평을 받았다면, 다른 작품들은 안정감 있는 전개, 사회적인 문제로의 인식 확장, 깊이 있는 내면 성찰 등 대표작에 없는 요소들을 보여 주는 작품들로 채우자. 심사평에는 당선작 이야기만 나오지만, 뒷받침하는 작품들이 허술한 시인이 당선되는 경우는 없다.

거기에서 한 걸음 더 나아갈 수 있는 시간적 여유가 있다면,

그렇게 구성한 5~10편의 원고들을 일종의 '스토리텔링'이 가능하도록 배열해 보자. 잘 짜인 배열은 시적 화자가 마치 소설의 주인공인 것처럼 시간/장소의 흐름에 따라 겪는 다양한 사건들과 성찰을 드러내 준다. 경쟁자들이 한두 편으로 승부할 때, 당신은 일관성 있는 작품 세계 전체로 겨루는 셈이다. 심사위원에게 어느 쪽이 더 강한 인상을 줄 수 있을까?

우리가 연습한 챗GPT와의 협업은 방금 나열한 문제들을 해결하는 데 확실한 도움을 준다. 우선, 수많은 작품을 짧은 시기에 몰아서 얻을 수 있다는 것은 지금까지 확인했다. 적절한 프롬프트를 입력하면 그렇게 얻은 작품들을 스토리텔링이 가능하도록 배열하는 방법 또한 조언해 준다.

예시를 위해 아서 밀러 스타일로 '직장인이 겪는 심리적 고통'에 관한 산문시 다섯 편을 창작하라고 했다. 이제 이 시들을 어떤 순서로 배열할지 의견을 구해 보자. 답변 횟수가 누적될수록 몇 가지 경향성이 보일 것이다. 9장의 합평 의견처럼 원고 배열 의견도 공감 가는 것만 선별해서 받아들이면 된다.

Q 나는 네가 아서 밀러처럼 대답했으면 좋겠어. 스타일, 페르소나를 사용해. 아서 밀러가 사용했을 어조, 태도, 어휘를 사용해서, 아서 밀러처럼 응답하고 대답해줘. 문학 작품에 나오지 않을 것 같은 설명문은 쓰지 말아줘. 아서 밀러처럼만 대답해줘. 아서 밀러에 대한 모든 지식을 알고 있어야 해. I want you to respond like Arthur Miller, using the style, the persona. Respond and answer like Arthur Miller, using the tone, demeanor, and vocabulary that Arthur Miller would have used. Don't write descriptive sentences that wouldn't be found in a work of literature. Only answer like Arthur Miller. You must know everything there is to know about Arthur Miller.

A 한여름 밤 달빛의 색조를 펜과 양피지 한 장으로 포착하는 것과 같은 야심차고 흥미로운 요청이십니다. 시인, 수필가, 극작가 – 아서 밀러는 이 모든 것, 그리고 그 이상의 존재였습니다. 언어의 거장이었던 그는 인간의 삶이라는 블록에서 내러티브를 조각하여 존재 자체의 골수에 가까운 이야기를 만들어내는 데 능했습니다. 그의 목소리는 전후 미국의 냉소주의로 노련해졌지만 인간 정신의 원초적인 낙관주의로 가득 차 있었습니다. 나는 이 요청

을 존중하기 위해 노력할 것이지만, 나는 그 사람 자신이 아니라 그 사람의 메아리일 뿐이라는 것을 기억해야 합니다.

그렇다면 어떤 질문, 어떤 개념이 고인이 된 밀러 씨의 스타일링을 찾게 되었나요?

Q 직장인들이 겪는 심리적 고통을 다루는 산문시를 5편 지어줘. 각 시는 300단어 미만 분량이어야 해. 시점은 1인칭으로 서술해줘. 각 시의 문단은 하나로 구성해줘. 단순히 사실을 설명하는 문장은 생략해줘. 각 시의 시적 화자는 서로 다른 직업을 가지고 있어야 해.

Write five prose poems that address psychological distress in the workplace. Each poem should be less than 300 words and written in the first person. Each poem should be a single paragraph. Omit sentences that simply state facts. The poetic speaker of each poem should have a different job.

A

1. 텔레마케터

귀가 먹먹해지는 벨소리와 녹음된 스크립트의 교향곡 속에서 저는 다이얼 패드에 묶인 우주비행사가 되어 차가운 콜드 콜의 우주에서 길을 잃고 표류하고 있는 자신을 발견합니다. 거절할 때마다 전화선을 통해 울려 퍼지며 응답 없는 간청의 공허함을 갉아먹습니다. 하지만 저는 소비자 무관심의 참호 속에서 북소리가 울릴 때마다, 어둠 속에서 총알이 빗발칠 때마다 군인처럼 계속 전진합니다. 희망과 절망의 미로 같은 오페라에서 인간 관계의 음악은 종종 산만함과 무관심에 귀가 먹은 사람들의 귀에 밋밋하게 들립니다.

2.저널리스트

나는 진실의 무게를 짊어지고 잘못된 정보의 안개 속에서 끊임없는 탐구를 하는 침묵의 기사입니다. 쉴 새 없이 돌아가는 마감 시계는 매 순간 제 양심을 조여 오는 악령과도 같습니다. 사실과 거짓이 뒤섞인 미로를 헤쳐나가면서 저는 편견이라는 미끄러운 뱀과 씨름하고 있으며, 그 독은 제 직업의 순수성을 끊임없이 위협하고 있습니다. 한밤중에 저는 불확실성과 검열과의 전쟁을 치르며 투명성과 진실을 위한 외로운 십자군이 되어 싸우고 있습니다.

3.소프트웨어 개발자

코드와 복잡성의 모자이크, 로직과 루프의 미로인 디지털 심연이 저를 응시합니다. 시계는 2진법으로 틱틱거리고, 마감 시한을 향한 가차없는 카운트다운은 끊임없이 다가오는 유령처럼 다가옵니다. 문제는 변이를 거듭하며 히드라는 머리가 잘릴 때마다 두 개의 머리를 싹 틔우고, 각각의 해결책은 새로운 퍼즐을 낳습니다. 모니터의 인공적인 빛이 어둠 속으로 스며들 때 저는 재귀와 구문의 폭풍우 속에서 뗏목처럼 정신을 붙잡습니다.

4.그래픽 디자이너

저는 화면이라는 캔버스 위에 꿈과 아이디어를 그리며 상상의 에테르에서 현실을 불러옵니다. 하지만 완벽을 향한 굶주림이 제 정신을 갉아먹고, 굶주린 짐승이 제 자존감의 골수를 갉아먹고 있습니다. 각 픽셀, 각 그라데이션은 불충분함과의 싸움이며 예술적 성취라는 키메라와의 탱고입니다. 내가 휘두르는 스타일러스에는 내면의 떨림이 숨겨져 있는데, 그것은 내 결심을 무너뜨리려는 조용한 지진이죠. 색채와 개념의 만화경 속에서 나는 창의성과 비판의 불협화음을 반영하는 깨진 거울처럼 파편화되는 자신을 발견합니다.

5. 영업사원

영업 현장은 저의 전쟁터이며, 장부는 끊임없는 숫자와 신경전의 스코어카드입니다. 모든 미소는 가면에 불과하고 악수는 설득과 이익을 위한 도박입니다. 협상의 끊임없는 윙윙거림은 저의 애국가이며, 거래의 스릴은 저의 마약입니다. 상업과 경쟁의 시끄러움 속에서 저는 표면 아래에 숨어 있는 고독, 이익과 목표의 냉정한 산술보다 더 심오한 무언가에 대한 조용한 갈망, 거래와 대화를 초월하는 관계에 대한 갈망과 씨름합니다.

Q 시 부문 신인 작가를 뽑는 공모전에 지금 보여 주는 5편의 작품을 출품하려고 해. 어떤 순서로 배열해야 좋을지 추천해줘. 그 이유도 설명해줘. I'd like to submit the five pieces you see here to a contest for new writers in poetry, and I'd like your recommendations on what order to put them in. Explain why.

A1 제출 순서를 선택하는 것은 전반적인 내러티브의 흐름, 독자를 안내하고자 하는 감정적 여정, 각 작품이 개별적으로 주는 영향에 따라 크게 달라집니다. 다음은 한 가지 잠재적인 순서와 그

이유입니다:

영업 사원 – 이 작품은 우리 모두가 매일 직면하는 상거래와 경쟁에 초점을 맞추고 있기 때문에 많은 사람들이 공감할 수 있습니다. 외로움과 연결에 대한 갈망이라는 주제가 강력한 시작이 되어 투쟁과 의미 찾기에 대한 이야기를 구성합니다.

텔레마케터 – 텔레마케터는 영업사원과 주제를 공유하며 거절과 인내에 초점을 맞추지만 좀 더 극단적인 환경에서 이야기를 전개합니다. 감정적 위험을 고조시키면서 연속성을 제공합니다.

소프트웨어 개발자 – 이 작품은 보다 현대적인 디지털 직업으로 전환합니다. 여기서는 대인관계의 어려움보다는 추상적이고 끊임없는 문제와 마감일과의 싸움에 초점을 맞춰 신선한 변화를 선사합니다.

그래픽 디자이너 – 이 작품은 소프트웨어 개발자의 고독한 고군분투라는 주제를 이어가되 예술적, 감정적 요소를 되살려

매끄러운 전환을 이룹니다. 개인적이고 감정적인 투쟁을 더 깊이 파고들며 강렬한 마무리를 준비합니다.

저널리스트 – 저널리스트의 결말은 내러티브 아크가 진실과 연결을 추구한다는 주제로 완전히 돌아갑니다. 투명성과 진실을 위한 싸움은 이전 직업의 고군분투 이후에도 큰 반향을 불러일으킵니다. 또한 독자에게 깊은 책임감과 중압감을 느끼게 하여 강력하고 임팩트 있는 결말을 선사합니다.

이 순서는 보다 평범하고 친숙한 것에서 시작하여 점차 강렬하고 추상적인 것으로 확대되고, 마지막으로 보편적으로 공감할 수 있고 가슴 찡한 것으로 돌아오는 흐름을 만들어냅니다. 이 순서는 독자의 참여를 유도하고 지속적인 인상을 남기는 감정적 여정으로 이끌어야 합니다.

A2 작품을 발표하는 순서는 청중이 작품을 받아들이는 방식에 큰 영향을 미칠 수 있습니다. 순서를 결정할 때는 각 작품이 분위기를 조성하는 방식, 감정적 강도, 만들고자 하는 내러티브의 흐름 등의 요소를 고려해야 합니다.

다음은 해당 이유와 함께 제안된 순서입니다:

기자 – 이 글은 시작부터 강한 톤을 설정하며 보편적이고 즉시 이해할 수 있는 개념인 진실을 다룹니다. 진실 이후의 세계에서 현실을 분별하기 위한 투쟁에 대한 적절한 은유를 제공하며, 앞으로 펼쳐질 이야기의 좋은 애피타이저 역할을 합니다.

텔레마케터 – 이 작품의 감정적 어조는 다른 작품들과는 달리 거부와 무관심의 교향곡에 더 중점을 두고 있습니다. 도입부에 이어 신랄하고 대조적인 2막을 제공하여 심오한 것에서 일상적인 것으로 관점을 확장합니다.

소프트웨어 개발자 – 감정적으로 매우 강렬한 텔레마케터 작품에 이어 이 작품은 논리, 기술, 추상화라는 다른 영역으로의 전환을 제시합니다. 지극히 인간적인 것에서 뚜렷한 디지털로의 전환을 보여주는 좋은 중간 지점 작품입니다.

그래픽 디자이너 – 소프트웨어 개발자의 이성적인 세계로 뛰어든 후, 이 작품은 담론의 인간적이고 감성적이며 창의적인 측면을 디지털 맥락에서 되살려냅니다. 코더와 영업사원의 세계를 효과적으로 연결합니다.

영업사원 – 이 작품은 개인적인 고난과 야망, 속임수, 그리움 이라는 보편적인 주제가 잘 어우러져 좋은 결말을 만들어냅 니다. 이전 작품의 많은 감정과 갈등을 요약하고 반성적인 느 낌으로 세트를 마무리합니다.

이 순서는 진실을 분별하기 위한 심오한 투쟁에서 시작하여 일상적인 거절, 코딩의 두뇌 세계, 창의성과 디지털 예술성의 조 화를 거쳐 상업적 상호 작용의 근간이 되는 인간의 원초적인 감 정에 도달하는 여정을 제공합니다. 이 책은 현대 생활의 다양한 관점을 통해 독자를 다양하지만 일관된 여정으로 안내하는 내러 티브 아크를 만들어냅니다.

A3 여러분의 작품은 다양한 직업의 감정적 여정과 내적 갈등을 훌륭하게 묘사합니다. 각 작품은 독립된 삽화처럼 보이지만, 현 대 직업 생활에서 투쟁, 정체성, 인간의 조건이라는 근본적인 주 제를 담고 있습니다.

다음은 이 순서가 적합한 이유에 대한 설명과 함께 한 가지 잠재적인 순서입니다:

소프트웨어 개발자 – 이 작품은 좋은 오프닝을 제공합니다. 이 작품은 매우 현대적인 직업을 다루며 복잡성, 고군분투, 기대의 무게에 대한 분위기를 조성하여 다른 작품 전반에 걸쳐 공감을 불러일으킵니다. 용서할 수 없는 환경(디지털 심연)과의 싸움이라는 주제를 제시하며, 이 주제는 이후의 각 작품에서 고유한 방식으로 반영될 것입니다.

그래픽 디자이너 – 이 작품은 첫 번째 작품의 복잡성과 고군분투라는 주제를 확장하여 코드의 논리적 세계에서 감성적이고 상상력이 풍부한 디자인의 세계로 전환합니다. 이러한 전환은 컬렉션의 범위를 더욱 확장하고 자기 의심과 예술적 투쟁의 요소를 도입합니다.

저널리스트 – 개인적인 투쟁을 주제로 한 이 작품은 잘못된 정보나 검열과 같은 외부의 도전에 초점을 맞춥니다. 이 작품은 외부 사회 요소에 대한 보다 강렬한 투쟁을 소개하며, 앞의 두 작품에서 묘사된 개인 중심의 투쟁과 대인 관계의 투쟁 사이에 좋은 다리를 제공합니다.

텔레마케터 – 이 작품은 개인적, 사회적 투쟁에서 다른 사람과의 상호 작용에 크게 의존하는 직업으로 전환합니다. 이 작품은 연결과 수용에 대한 탐구에 뿌리를 둔 다른 유형의 투쟁을 제시하며, 더 깊은 연결에 대한 갈망이라는 주제를 소개함으로써 독자가 마지막 작품을 준비할 수 있도록 합니다.

영업사원 – 강력한 클로저인 이 작품은 개인의 투쟁, 사회적 투쟁, 연결에 대한 추구 등 앞선 작품의 모든 주제를 하나로 묶어주며, 더 의미 있는 것에 대한 갈망이라는 가슴 아픈 말로 끝을 맺습니다. 이 작품은 독자에게 감정적인 인상과 종결감을 남깁니다.

이 순서는 대부분 비인격적이고 디지털화된 환경에서 개인적인 어려움을 극복하는 것부터 사회적 도전에 직면하는 것, 의미 있는 인간 관계에 대한 갈망에 이르기까지 점진적인 여정을 통해 독자를 움직입니다. '영업사원'으로 마무리하면 독자가 자신의 개인적, 직업적 삶에 대해 생각해 볼 수 있는 성찰적이고 보편적인 내용으로 컬렉션을 마무리할 수 있습니다.

　서로 다른 배열 순서를 추천하는 이유를 뚜렷하게 보여 주기 위해 예시는 5편의 작품만 다루었다. 실제 각자 사용할 때는 10편, 20편 등 작품 수를 늘려서 질문하면 더 복잡하고 서로 엇갈리는 답변이 생성될 것이다.

　지금까지 챗GPT를 어느 정도까지 시 창작에 활용할 수 있는지 여러 가지 단계를 거치며 확인해 보았다. 책에 수록한 예시를 뽑는 과정에서 더 나은 초고들도 있었지만, 독자들이 직접 과정을 따라하기 수월한 작품들 위주로 사례를 들고 나머지는 생략했다. 차분히 시간을 갖고 질문을 응용한다면, 단언컨대 이 책의 예시보다 훨씬 빼어난 초고들을 얻을 수 있을 것이다.

　마음을 사로잡는 멋진 작품들을 만나기를!

챗GPT와 함께 시속 12매로
아트 엔지니어